Sandra Halbe

Verlorene Träume

Sandra Halbe

Verlorene Träume

Kriminalroman

Impressum

Bibliografische Information der Deutschen Nationalbibliothek:
Die Deutsche Nationalbibliothek verzeichnet diese
Publikation in der Deutschen Nationalbibliografie; detaillierte
bibliografische Daten sind im Internet über http://dnb.dnb.de
abrufbar.

Lektorat: Stefanie Stoltenberg
Cover: Anne Gebhardt Design unter Verwendung von Adobe
Firefly Produkten

Verlag: BoD • Books on Demand GmbH, In de Tarpen 42,
22848 Norderstedt
Druck: Libri Plureos GmbH, Friedensallee 273, 22763 Hamburg

ISBN: 978-3-7597-4368-8

Über die Autorin

Sandra Halbe wurde 1985 im Sauerland geboren. Nach ihrem Studium in Köln, Aix-en-Provence und Newcastle lebt sie heute mit ihrem Mann in Siegen-Wittgenstein. Dort spielen ihre Regionalkrimis mit Kommissarin Caro König.

Weitere Bücher der Reihe:

Wittgensteiner Schatten

Lahn Sieg Tod

www.sandra-halbe.de

PROLOG

Nie hätte ich gedacht, dass dieses Lied mich so sehr bewegen würde. Hunderte, wenn nicht tausende Male habe ich es gehört, in den verschiedensten Varianten. Immer klingt es gleich. Und dann auch wieder nicht.

Als ich auf diese Version gestoßen bin, waren all die Bilder auf einmal zurück. Alles, was ich jahrelang verdrängt habe. Nicht vergessen, nein. Ich erinnere mich an jene Nacht, als wäre sie gestern gewesen, an jedes Detail. Nur wollte ich meine Erinnerungen nicht. Diese Gedanken an all das, was damals passiert ist. Also sperrte ich sie aus.

Bis ich dieses Lied hörte. Nach all den Jahren.

Die erste Zeile von »The Sound of Silence«. Worte, die ich schon so oft gehört habe. Und doch waren sie auf einmal neu.

Ein Hallo an die Dunkelheit. Die Dunkelheit, mein Freund? Ist das möglich?

Ich erinnere mich an unsere Zeit hier. Die Abende, an denen wir gefeiert, gelacht und getanzt haben. Dieser Ort bedeutete uns alles. Mein Klavier, auf dem du dieses Lied so oft gespielt hast. Die Weihnachtsdekoration darauf, die wir so liebevoll ausgesucht hatten. Obwohl wir bereits wussten, dass dies das Ende sein würde. Diese Endgültigkeit, als ich zum letzten Mal das Licht ausschaltete. Dieses Gefühl, als ich zum letzten Mal den Schlüssel im Schloss herumdrehte.

Es war vorbei. Für immer. Und obwohl ich es wusste, konnte ich es nicht begreifen.

Denkst du noch daran? An diesen Moment, der alles änderte?

Denkst du noch an mich?
Ich werde dafür sorgen, dass du dich wieder erinnerst.

1

Sonntag

»Wir könnten ihn da hinstellen.«

»Wo?«

»Na, da!«

»Ist er da nicht zu nah am Kamin?«

»Was interessiert mich der Kamin?«

»Wir zünden ihn momentan gerne an. Wenn du ihn so nah ran stellst, wird der Weihnachtsbaum schnell trocken. Dann wäre er nach ein paar Tagen nicht mehr zu gebrauchen und wir könnten ihn schon vor dem sechsten Januar zu Brennholz verarbeiten. Wäre doch schade, oder?« Alex sieht mich abwartend an.

»Die paar Tage hält der das schon aus. Weihnachten dauert ja nicht ewig.«

»Lassen wir ihn nicht die ganze Adventszeit stehen?«

Ich überlege. »Bei uns zu Hause wurde der Weihnachtsbaum immer am 23. Dezember aufgestellt.«

»Und bei meiner Familie am ersten Advent. Jetzt entscheiden wir, wie wir es in unserem Zuhause handhaben.« Alex zieht mich an sich.

»Ich hätte nie damit gerechnet, wie viel man entscheiden muss, wenn man zusammenzieht.« Ich schüttele den Kopf.

Ein paar Monate ist es jetzt her, dass ich zu Alex in sein kleines Haus Am Birkenstrauch in Bad Laasphe gezogen bin. Ein Haus, das schon fix und fertig eingerichtet war. Wir mussten keine Küche aussuchen, kein Bad renovieren ... Okay, letzteres kommt irgendwann auf uns zu, aber zumindest momentan ist davon keine Rede. Alles in allem war der Einzug schnell erledigt. In den Wochen zuvor hatte ich den Großteil meiner Sachen bei Alex untergebracht. Eine eigene Zahnbürste und mein Shampoo im Badezimmer. Kleidung im Kleiderschrank. Hier ein Bild an der Wand, dort eine Lampe für die Kommode. Am Ende fuhr ich in die Ostpreußenstraße zu meiner Mutter und packte das, was in meinem alten Kinderzimmer noch übrig war, in einen Koffer, den ich bei Alex ein paar Straßen weiter wieder auspackte. Klingt einfach, oder?

Obwohl mein Einzug bei Alex ein mehr oder minder schleichender Prozess war, war es doch etwas anderes, als ich plötzlich meinen eigenen Schlüssel hatte und klar war: Dieses Haus ist jetzt auch meins. Irgendwie. Meiner Meinung nach gehörte ab diesem Zeitpunkt das Brot nicht mehr in den Kühlschrank, wo Alex es lagerte. Er wiederum beschwerte sich, dass ich meine Schuhe mitten im Flur liegen ließ, wo ich sie nach der morgendlichen Laufrunde auszog. Jahrelang hatte Alex sämtliche Wäsche in den Trockner geworfen, ob das Etikett auf dem Kleidungsstück das zuließ oder nicht. Wollten wir das für meine Klamotten riskieren oder ab jetzt alles zum Trocknen auf den Wäscheständer hängen? Wer bekam wie viel Platz im Arbeitszimmer, um den Papierkram zu erledigen? Und die Diskussionen, die wir darüber führten, wie die Fächer im Badezimmerschrank verteilt werden ... Sagen wir: Zusammenziehen ist eine Sache. Zusammenwohnen doch eine andere.

Nun sind wir beim Weihnachtsbaum angekommen.

»Hattest du hier schon mal einen Weihnachtsbaum?«, will ich wissen.

Alex schüttelt den Kopf. »Ich hab Weihnachten entweder gearbeitet oder bei meiner Familie verbracht.«

»Und jetzt willst du direkt einen über die ganze Adventszeit aufstellen?«

Er zuckt mit den Schultern. »Ich arbeite unsere Dienstpläne für Weihnachten erst in den nächsten Tagen aus. Aber ob die dann so bleiben, werden wir sehen. Du weißt ja, dass es jederzeit einen neuen Fall geben kann. Falls wir beide Weihnachten auf dem Präsidium verbringen, haben wir wenigstens an den Abenden davor etwas von unserem Baum.«

Damit hat er nicht unrecht. Was bringt uns ein Weihnachtsbaum, der eine Woche steht, wenn wir kaum zu Hause sind oder abends, wenn es dunkel ist und wir die Lichter anzünden könnten, direkt ins Bett fallen?

»Ich finde trotzdem, dass er sich im Wohnzimmer am besten machen würde«, beharre ich. »Hier verbringen wir die meiste Zeit, wenn wir dann mal zu Hause sind. In der Küche brauche ich keinen Weihnachtsbaum.«

»Natürlich kommt der Baum ins Wohnzimmer, ich rede nicht von einem anderen Raum. Aber wir könnten über einen Standort weniger nah am Kamin nachdenken.«

Ich lasse meinen Blick durch den Raum schweifen. »Ohne die Möbel umzustellen?«

»Wir brauchen ja keinen riesigen Baum. Wie wäre es denn mit ...«

In diesem Moment klingelt Alex' Handy. Bei seinem Blick aufs Display spare ich mir jeden weiteren Kommentar zum

Thema. Unsere Diskussion, wo und für wie lange wir den Weihnachtsbaum aufstellen werden, müssen wir auf später verschieben.

2

Stünzel ist der kleinste Ort, der zu Bad Berleburg gehört. Jedes Jahr im Juni findet hier auf dem Festplatz die Kreistierschau, das Stünzelfest, statt. Dass hier an jenem Wochenende 25.000 Besucher feiern, ist jetzt, im November, nicht zu sehen, und so haben wir kein Problem, einen Parkplatz zu bekommen. Krankenwagen und Notarzt sind bereits eingetroffen. Ich notiere mir schnell die Nummernschilder der beiden übrigen Autos, die hier geparkt sind, und stolpere dann hinter Alex her, der zügig in Richtung Wald vorangeht. In den letzten Tagen hat es viel geregnet, sodass der Boden stellenweise matschig ist. Auch geschneit hat es vor ein paar Wochen schon einmal, hier und da sind noch Reste von Schnee zu sehen. Immer wieder sinken meine Füße ein, und so komme ich nur langsam voran. Ein paar Meter vor mir höre ich Alex leise fluchen. Ihm geht es offenbar nicht anders.

Endlich kommen wir auf der Lichtung an. Mein Blick fällt auf ein winziges Gebäude, das in den Wald hineingebaut ist. Die Tür steht sperrangelweit offen, auf dem Dach ist ein kleiner Holzzaun angebracht. Ein alter Rübenkeller, schießt es mir durch den Kopf. Davor stehen der Notarzt und zwei Sanitäter und winken uns zu. Ein paar Meter entfernt kniet eine Frau über etwas im Gras, das ich von hier aus nicht erkenne. Eine weitere Frau steht neben ihr, einen Terrier angeleint zu ihren Füßen. Alex geht auf den Rübenkeller zu, ich steuere die beiden Frauen an.

»Caroline König von der Polizei«, weise ich mich aus. »Können Sie mir sagen, was hier passiert ist?«

»Wiebke Schneider«, stellt die Frau mit dem Hund sich vor. »Ich bin hier mit meinem Rocky spazieren gegangen, wie jeden Sonntag. Da hinten hab ich die Frau liegen sehen. Sie hat nicht auf meine Rufe reagiert, nur leise gestöhnt. Ich wollte ihr helfen, aber ihr dummer Hund hat mich nicht zu ihr gelassen, also hab ich einen Krankenwagen gerufen.«

»Ihr Hund hätte vermutlich nicht anders reagiert«, mischt sich die Frau ein, die vorher auf dem Boden gekniet hat. Vor ihren Füßen steht eine Transportbox, in der ein zweiter Hund leise knurrt.

»Was ist mit ihm?«, frage ich.

»Ich habe ihn da hinein verfrachtet, so beruhigt er sich. Ich bin Andrea Klein vom Ordnungsamt. Die Kollegen vom Rettungsdienst haben mich gerufen, damit ich ihnen einen Weg zu der Frau verschaffe.«

»Hätte man da nicht einen Tierarzt rufen müssen, um ihm ein Beruhigungsmittel zu spritzen?«, wundert sich Wiebke Schneider.

»Nein, in solchen Fällen ist das Ordnungsamt zuständig. Ein Tierarzt kennt den Hund auch nicht zwingend und weiß nicht, auf welche Mittel er allergisch reagiert. Deswegen kommen wir mit einem langen Stock, an dem eine Schlinge befestigt ist, und verfrachten den Hund in eine Transportbox.« Sie zeigt auf die Box, aus der mittlerweile nur noch ein leises Winseln kommt. »So ist kein Medikament nötig. Hunde sind für ihren stark ausgeprägten Beschützerinstinkt bekannt. Wenn das Frauchen wehrlos am Boden liegt, kommt dieser zum Vorschein. Das ist leider nicht immer ideal, weil so auch Helfer vom Opfer ferngehalten werden.« Sie zuckt mit den Schultern. »Ich hab mir mal das Sprunggelenk gebrochen, mitten im Wald. Als ich da lag, haben Spaziergänger versucht, mir zu helfen. Keine Chance. Mein Hund hat sie nicht gelassen, obwohl ich bei Bewusstsein war und ihm immer wieder versichert habe, dass es okay ist, wenn diese Leute mir nahekommen. Erst als mein Lebensgefährte auftauchte, hat Joy sich beruhigen lassen und man kam an mich heran, um mir zu helfen. Diese Frau konnte sich nicht verständigen, sodass die Reaktion ihres Hundes nachvollziehbar ist. Ihr Hund hätte nicht anders reagiert.«

Hat die Frau während ihrer Ausführungen nur einmal Luft geholt? Ich staune. »Was passiert jetzt mit dem Hund?«, frage ich und wappne mich für den nächsten Redeschwall.

»Ich bringe ihn zum Hof Birkefehl und hinterlege den Standort bei Tasso. Das ist eine zentrale Datenbank, in der Besitzer nach vermissten Tieren suchen können. Vielleicht kommt die Frau ja wieder auf die Beine. Dann weiß sie, wo sie ihren Liebling abholen kann.«

Ich sehe in Richtung Rübenkeller. Die beiden Sanitäter und der Notarzt stehen ein paar Meter abseits, während Alex wild gestikulierend mit seinem Handy Verstärkung anfordert.

»Davon sollten wir wohl nicht ausgehen«, murmele ich.

3

Ich wate durch den Schlamm hinüber zu Alex. Die Tote, die zu seinen Füßen auf dem Rücken liegt, ist meiner Schätzung nach Anfang 20. Sie trägt wetterfeste Kleidung, die langen, dunklen Haare hat sie zu einem Pferdeschwanz zusammengebunden. Die blaue Windjacke ist am Bauch dunkelrot verfärbt.

»Der Notarzt hat den Tod der Frau festgestellt. Vermutlich ein Messerstich. Ingrid ist auf dem Weg, um die Spuren zu sichern«, sagt Alex. Auch wenn eindeutig zu erkennen ist, dass die Frau nicht mehr lebt, müssen wir auf einen Arzt warten, der den Tod offiziell feststellt. Erst dann können wir unsere Ermittlungen aufnehmen und einen Rechtsmediziner rufen, der weitere Untersuchungen an der Toten durchführt.

Ich werfe einen Blick auf die Flut von Fußabdrücken rund um den Rübenkeller, die allein die Sanitäter und der Notarzt hinterlassen haben. Hinzu kommen unsere. Unwahrscheinlich, hier eine Spur zu finden, die uns weiterbringen wird.

»Ingrid wird begeistert sein.« Ich bringe Alex auf den neusten Stand: »Als die Frau gefunden wurde, hat sie laut der Zeugin leise gestöhnt. Sie ist also noch nicht lange tot.«

Alex nickt. »Der Rechtsmediziner kommt aus Siegen, braucht einen Moment länger.«

»Lag die Frau im Keller oder davor?«

»Davor. Möglicherweise hat sie sich an die Tür gelehnt und ist daran zu Boden geglitten.«

»Das ist doch Frauke!« Eine Sanitäterin kommt auf uns zu. »Die wollte hier bestimmt ein Video für ihren Kanal drehen!«

»Wer ist Frauke?«, will Alex wissen. »Und was für ein Kanal?«

Die Sanitäterin schnalzt mit der Zunge und wirft mir einen verschwörungsvollen Blick zu. »Männer! War ja klar, dass der Frauke Blöcher nicht kennt.«

»Ich kenne sie auch nicht«, antworte ich zu ihrer Enttäuschung. »Helfen Sie uns bitte auf die Sprünge, Frau ...?«

»Bender. Janine Bender. Frauke ist Physiotherapeutin und betreibt den Kanal ›Fit mit Frauke‹ in den sozialen Medien. Sie veröffentlicht dort regelmäßig Fitnessvideos. Seitdem ich immer wieder mit ihr Sport mache, habe ich schon fünf Kilo abgenommen.« Sie wirft einen stolzen Blick auf ihren schlanken Bauch.

Ich krame nach meinem Notizbuch und notiere mir schnell den Namen des Opfers. »Und Sie denken, hier wäre ein geeigneter Platz für ein Fitnessvideo?«

»Das war ja das Besondere an Fraukes Videos! Sie hat dafür oft Orte hier in der Gegend und unter freiem Himmel ausgesucht. Letztens war sie auf dem alten Sportplatz in Laasphe. Da verdeckte das Gras ihre Beine fast komplett. Deswegen hat sie nur Übungen für den Oberkörper gefilmt, um zu zeigen, dass man immer etwas für seinen Körper tun kann. Hier wäre es wahrscheinlich ein Video nach dem Motto ›Platz ist in der kleinsten Hütte‹ geworden. Man sollte nie eine Ausrede haben, keinen Sport zu treiben. Das hat Frauke mit ihren Videos humorvoll vermittelt.« Janine Bender sieht bedauernd auf die Frau zu ihren Füßen. »Schade, dass es keine Videos mehr von ihr geben wird. Jetzt muss ich mir wohl einen anderen Sportkanal suchen.«

Alle Anwesenden haben den Tatort auf unseren Wunsch hin verlassen, halten sich aber für weitere Fragen zur Verfügung. Nur Alex und ich stehen noch vor der Leiche und warten auf Ingrid und den Rechtsmediziner. Im Rübenkeller befindet sich auf den ersten Blick nichts, leider auch keine Tatwaffe.

Auf dem Boden liegt lediglich ein wenig verrottetes Laub. In unmittelbarer Nähe ist uns nichts Verdächtiges aufgefallen. Vielleicht hat Ingrid mehr Glück.

»Für eine Zufallstat wirkt das hier zu persönlich«, meine ich. »Niemand geht mit einem Messer in den Wald und sticht einfach wahllos eine Frau nieder.«

»Nicht unmöglich, aber unwahrscheinlich«, stimmt Alex mir zu. »Opfer und Täter müssen einander gekannt haben. Sonst hätte der Täter nicht gewusst, dass Frauke Blöcher heute hier mit ihrem Hund Gassi geht und wäre ihr nicht so nahegekommen.«

»Selbst wenn der Hund den Täter gekannt hat: Hat er den Mord zugelassen, ohne sein Frauchen zu verteidigen? Er hat ja sogar die Ersthelferin von ihr ferngehalten.«

»Womöglich war er nicht angeleint und ist erst herbeigelaufen, als Frauke Blöcher schon verwundet war.«

»Dann hätte er unseren Täter vielleicht erwischt.«

»Ich hätte mich noch nie so über einen Hundebiss gefreut.« Alex zückt sein Handy, um die Notaufnahmen abzutelefonieren. Auch wenn sein Frauchen nicht überlebt hat, haben wir vielleicht Glück und der Hund führt uns direkt zum Täter.

4

»Die Dame nehmen wir mit nach Siegen«, beschließt der Rechtsmediziner Doktor Carl Schröder nach wenigen Minuten. »Die sehe ich mir näher an. Offensichtlich ist sie unter Fremdeinwirkung zu Tode gekommen. Bis morn.« Er schließt den Leichensack mit einem Ruck. »Das hier möchten Sie sich bestimmt ansehen.« Er drückt Alex Frauke Blöchers Handy in die Hand, nickt uns zu, und macht sich mit der Toten und der Hilfe eines Polizisten auf den beschwerlichen Weg zum Parkplatz. Von dort aus wird er die Leiche nach Siegen-Weidenau fahren und sie obduzieren.

»Jetzt haben die mit der Trage den Tatort verwüstet!« Ingrid sieht kopfschüttelnd auf die Spuren, die die beiden Männer im Schlamm hinterlassen haben.

»Ich wusste schon, dass du dich freuen würdest.« Ich unterdrücke nur mühsam ein Lachen.

Alex macht eine Handbewegung, die das Gelände umfasst. »Tob dich aus. Caro hilft dir mit dem Absperrband. In der Zwischenzeit bringe ich das hier aufs Revier.« Vorsichtig steckt er das Handy in einen Beweisbeutel. So hat auch Murat was zu tun, denke ich und trotte hinter Ingrid her, um wie versprochen mit ihr und ein paar weiteren Kollegen den Tatort abzusperren. Die Mitarbeit bei der Spurensicherung ist eigentlich nicht mein Fachgebiet, aber es ist abzusehen, dass uns bei den Lichtverhältnissen hier draußen die Zeit für erste Eindrücke davonläuft. Also ist es besser, wenn ich mich mit ihr zusammen umsehe.

»Am Tatort haben wir bis jetzt nichts gefunden.« Ingrid lässt sich frustriert auf einen Stuhl im Besprechungszimmer fallen. Ich umklammere mit vor Kälte tauben Fingern die Tasse Kaffee, die Alex mir reicht. Vor einer Viertelstunde haben wir die Suche nach Hinweisen abgebrochen. Jetzt ist es draußen stockduster.

»Ich habe bislang auch nichts Ungewöhnliches gefunden«, bestätigt Alex. »Der Keller wird zwar nicht mehr genutzt, seit keine Rüben mehr an Vieh verfüttert werden. Das Gelände rund um Stünzel ist aber bei Spaziergängern beliebt, sodass der Ort durchaus bekannt ist. Die beiden Autos auf dem Parkplatz sind auf unsere Zeugin Wiebke Schneider und Andrea Klein vom Ordnungsamt zugelassen. Der Täter war schon über alle Berge.«

»Ich bin dran, mir einen Überblick über die Daten auf Frauke Blöchers Handy zu verschaffen«, sagt Murat. »Wir haben es hier mit einer kleinen Berühmtheit zu tun, so viel steht fest.«

»Was meinst du damit?«, frage ich ihn.

»Die Frau hat alles ins Internet gestellt, ihr komplettes Leben war online. Und die Leute wollten alles darüber wissen.« Murat drückt auf den Knopf am Monitor, der an der Wand befestigt ist, und wir schauen in Frauke Blöchers Augen, die uns von ihrem Online-Profil aus entgegenstrahlen. Auf ihrer Seite finden sich zahlreiche Beiträge und Videos. Überall sehen wir Herzchen und Kommentare. Über 1.500 Menschen folgen ihr.

»Diese Leute werden sich nicht freuen, wenn der Anbieter die Seite in einer Woche löscht«, meint Murat. »Das ist Standard, wenn jemand verstorben ist.«

»Hoffen wir, dass der Mord nicht mit ihrem Social-Media-Kanal in Zusammenhang steht«, meint Alex. »Wir müssen innerhalb dieser Woche alles tun, um herauszufinden, wer hinter den 1.500 Accounts steckt und ein Motiv haben könnte.«

»Verstanden.« Murat nickt. »Ich mach mich an die Arbeit.«

»Gab es in der Zwischenzeit Anrufe auf ihrem Handy?«, will ich wissen.

Murat schüttelt den Kopf.

»Wir müssen ihre Angehörigen informieren. War sie verheiratet?«

»Nein«, sagt Alex.

»Fangen wir in ihrer Wohnung an. Vielleicht gibt es einen Lebensgefährten oder die Nachbarn wissen, wo wir die Eltern finden.«

5

Frauke Blöcher besaß eine kleine Wohnung in der Alten Eisenstraße in Fischelbach. Laut Unterlagen des Einwohnermeldeamts und dem, was wir auf den ersten Blick ihrem Internetkonto entnehmen konnten, wohnte sie allein dort. Das muss aber nichts heißen. Ich habe auch einige Wochen bei Alex gewohnt, bis ich offiziell dort gemeldet war. Vielleicht gibt es einen Lebensgefährten. Bislang hat niemand sie als vermisst gemeldet. An einem Sonntag ist das jedoch nichts Ungewöhnliches. Wir wissen nicht, wie lange sie normalerweise mit dem Hund unterwegs war oder an ihren Videos arbeitete. Es ist möglich, dass ihr Verschwinden noch niemandem aufgefallen ist.

Alex und ich stehen vor ihrer Tür und klingeln. Nichts. Ich trete einen Schritt zurück und sehe an der Wand des Zweifamilienhauses hinauf. Auch in der oberen Wohnung tut sich nichts.

»Die Wohnung da oben steht seit ein paar Wochen leer«, hören wir eine Stimme hinter uns. Eine ältere Frau lehnt im

Türrahmen des Hauses gegenüber und beäugt uns durch ihre riesige Lesebrille. »Wenn die Kleine aus der Wohnung unten nicht daheim ist, müssen Sie den Makler anrufen. Warten Sie, ich komm gleich auf ihren Namen.«

»Frauke Blöcher heißt sie.« Alex geht einen Schritt auf die Dame zu.

»Richtig, jetzt fällt es mir ein!«, ruft die erleichtert aus.

»Wissen Sie, wann Frau Blöcher sonntags normalerweise mit dem Hund wieder nach Hause kommt?«, fragt er.

»Sonst ist sie um diese Zeit zurück. Waren Sie mit ihr verabredet?«.

»Nein, wir sind von der Polizei.«

»Ach, dann sind Sie gar nicht wegen der Wohnung hier? Hat Frauke was ausgefressen?« Die Frau kommt einen Schritt auf uns zu und lässt uns nicht mehr aus den Augen. »Oder hatte sie den Hund mal wieder nicht im Griff?«

»Genau, es geht um ihren Hund«, antworte ich schnell.

»Ich hab immer schon gesagt, dass sie den Hund an die Leine nehmen soll. So lieb das Tier auch ist, es gehört angeleint. Was hat Balu denn gemacht?«

»Das würden wir seiner Besitzerin gern selbst sagen. Wir versuchen später unser Glück.«

»Wissen Sie, wo Frauke Blöchers Eltern wohnen?«, schaltet Alex sich wieder ein.

»Na, in Hesselbach, im Holderweg. Das muss aber was Schlimmes sein, wenn Sie jetzt mit ihren Eltern über den Hund reden müssen.« Sie kommt einen weiteren Schritt auf uns zu und ist offensichtlich enttäuscht, als wir uns bedanken und den Rückweg zu unserem Auto antreten.

»Was sollte das mit dem Hund denn?«, will Alex wissen, als wir wieder auf der Straße sind.

»Hast du gesehen, wie die Alte uns angestarrt hat? Die lechzt nach Dorftratsch. Wenn wir ihr erzählt hätten, dass Frauke Blöcher tot ist, hätte es im nächsten Moment die ganze Straße gewusst, aber keiner ihrer Angehörigen.«

»Wir hätten ihr das ja nicht auf die Nase binden müssen.«

»Immerhin wissen wir jetzt, dass unsere Theorie nicht so abwegig war: Wenn Frauke Blöcher das Tier nicht angeleint hat, hat der Hund sich ausgetobt und das gab dem Täter Zeit, nah an sie heranzukommen.«

Alex nickt. »Da könntest du recht haben. Jetzt geht's nach Hesselbach zu Frauke Blöchers Eltern.«

Ich krame mein Handy aus meiner Tasche und tippe eine Nachricht, bevor ich mich ans Steuer setze. Alex nutzt die

Fahrt, um die Krankenhäuser abzutelefonieren. Aber unser Täter scheint keine Bekanntschaft mit Frauke Blöchers Hund gemacht zu haben, in den Notaufnahmen ist bis jetzt niemand mit Hundebiss aufgetaucht. Bis vor Kurzem waren wir zu fünft auf dem Präsidium und hatten eine Kollegin, die sich um solche Anrufe kümmerte. Ihre Stelle ist derzeit unbesetzt und wir suchen händeringend nach einem neuen Teammitglied. Wir teilen diese Aufgaben zwischen uns auf, aber meistens bleiben sie an Alex hängen. Als Vorgesetzter bemüht er sich um Verstärkung, doch das scheint sich schwieriger zu gestalten als gedacht. In letzter Zeit sehe ich ihm an, wie sehr die Mehrarbeit ihm zusetzt. Trotzdem habe ich bislang nicht ein Wort der Beschwerde von ihm gehört. Auch jetzt steckt er sein Handy wieder ein, ohne zu murren. Nur ein »Wäre ja zu einfach gewesen« verkneift er sich nicht.

Als wir in Hesselbach durch die Dunkelheit fahren und aus einzelnen Häusern Licht nach außen dringt, kommt mir die Vorstellung von einem Weihnachtsbaum, der uns ein paar Wochen lang das Wohnzimmer erhellen wird, gar nicht mehr so dumm vor wie heute Morgen. Wir wären nicht die Einzigen, die so früh Weihnachtsdeko aufstellen: Überall hängen

Sterne in den Fenstern, Lichterketten zieren Balkongeländer und Gartenzäune. Das kleine Einfamilienhaus, vor dem wir parken, strahlt ebenfalls hell. Am Dach entlang ist eine Lichterkette angebracht, im Garten steht ein leuchtender Schlitten, davor ein Rentier. »So was Kitschiges will ich nicht«, stelle ich klar, bevor wir die Haustür erreichen.

»Hab ich nicht im Sinn«, gibt Alex zurück, während er auf die Klingel drückt, auf der »Sylvia und Harald Blöcher« steht.

Eine kleine gebückte Frau öffnet kurz darauf die Haustür. Sie trägt eine Jogginghose und ein ausgewaschenes Sweatshirt, das einmal dunkelblau war. Ihre Haare sind in Lockenwickler gedreht. Offensichtlich hat sie nicht mit Besuch gerechnet.

»Frau Blöcher?«, frage ich.

»Ja?«

»Ich bin Caroline König, das ist mein Kollege Alexander Fischer. Wir sind von der Polizei und müssen Ihnen leider etwas mitteilen. Dürfen wir hereinkommen?«

Von einer Sekunde auf die andere verändert sich Sylvia Blöchers Gesichtsausdruck. Die abweisend zusammengekniffenen Augen werden groß, ihr Mund öffnet sich leicht.

Zurückhaltung schwenkt um in Angst. Mit einem leisen Seufzen weicht sie zurück und bedeutet uns, ihr durch den Flur ins Wohnzimmer zu folgen. Dort sitzt ihr Mann in ähnlich legerer Kleidung auf dem Sofa und starrt auf den Fernseher. »Wo bleibst du denn? Tatort geht gleich los!« Überrascht sieht er auf, als er merkt, dass seine Frau nicht allein ist.

»Harry, die beiden sind von der Polizei«, stellt sie uns vor. Daraufhin greift ihr Mann nach der Fernbedienung und schaltet den Fernseher aus. Mit ähnlich großen Augen schaut er uns an.

Diesmal stellt Alex uns vor. »Wir müssen Ihnen leider mitteilen, dass Ihre Tochter Frauke heute tot aufgefunden wurde.«

Schweigend beobachten wir das Ehepaar. Sylvia Blöcher lässt sich langsam auf den Sessel sinken, vor dem sie gestanden hat. Ihr ohnehin blasses Gesicht hat sämtliche Farbe verloren. Die eben noch überraschten Augen sind jetzt völlig leer.

»Tot aufgefunden? Wo? Wie? Was meinen Sie damit?«, fragt Harald Blöcher verständnislos.

»In der Nähe des Stünzelfestplatzes«, antworte ich. »Sie

war mit ihrem Hund unterwegs. Eine Frau, die auch mit ihrem Hund Gassi ging, hat sie gefunden. Es sieht leider so aus, als sei Frauke einem Gewaltverbrechen zum Opfer gefallen. Es tut uns leid.«

Wieder warten wir schweigend, bis sich der erste Schock beim Ehepaar setzt.

»Wo ist sie jetzt?«, ergreift erneut Harald Blöcher das Wort.

»Man hat sie nach Siegen in die Gerichtsmedizin gebracht, wo sie untersucht wird. Morgen sprechen wir mit dem Rechtsmediziner und können Ihnen dann hoffentlich mehr sagen«, erklärt Alex.

»Haben Sie den Täter gefasst?«

»Leider noch nicht, aber wir tun alles in unserer Macht Stehende. Haben Sie eine Idee, wer das getan haben könnte? Hatte Frauke Streit mit jemandem?«, frage ich.

»Das war bestimmt ihr Nichtsnutz von Exfreund!« Harald Blöcher springt auf und greift nach dem Telefon. »Nur die Mailbox. Daniel, geh ran!« Fluchend legt er auf.

»Setzen Sie sich bitte wieder hin, Herr Blöcher.« Alex' Stimme ist ruhig, duldet jedoch keinen Widerspruch. »Wer ist denn Fraukes Exfreund? Warum denken Sie, könnte er Ihrer Tochter so etwas antun?«

Harald Blöcher lässt sich wieder auf das Sofa fallen, das Telefon legt er achtlos neben sich. »Er heißt Daniel Althaus. Frauke hat sich vor ein paar Wochen von ihm getrennt. Er kam nicht damit klar, dass sie so erfolgreich wurde mit ihren Internet-Videos. Mit der Trennung kam er aber noch weniger zurecht. Hat sie ständig angerufen und ihr aufgelauert. Bestimmt hat er sie jetzt umgebracht, damit kein anderer sie haben kann.«

»Das glaub ich nicht«, meldet sich leise Sylvia Blöcher zu Wort. Sie starrt mit leeren Augen auf die Tischplatte vor sich, aber sie schüttelt den Kopf. »Das hätte der Daniel nie gemacht.«

Harald Blöcher wischt mit dem Arm sämtliche Zeitschriften vom Sofa. »Der ist sogar bei ihr eingebrochen, der tolle Daniel!«

Ich lehne mich nach vorn. »Sie sagen, Fraukes Exfreund sei bei ihr eingebrochen?«

»Da waren Einbruchsspuren an ihrer Haustür!«

»Aber ist es sicher, dass es Daniel Althaus war?«

»Wer soll es denn sonst gewesen sein?«

»Ich hab ihr immer gesagt, dass sie vorsichtig sein soll mit ihren Videos«, murmelt Sylvia Blöcher. »Jeder kann sie in ihren knappen Oberteilen vor der Kamera tanzen sehen. Das Internet vergisst nichts.« Sie zieht ein Taschentuch aus der Jogginghose und fährt sich damit über die Augen.

»Wir werden dem nachgehen«, versichere ich den beiden. »Wenn Sie möchten, schicken wir Ihnen eine Kollegin vorbei, mit der Sie sprechen können. Sabine Riedel vom Kriseninterventionsteam ist jederzeit verfügbar.«

Harald Blöcher sieht zu seiner Frau hinüber. Die starrt vor sich hin. Er bückt sich und sammelt die Zeitungen und Prospekte vom Boden auf, die er vorhin vom Sofa gewischt hat.

»Sie müssen sich nicht jetzt entscheiden.« Ich reiche ihm meine Karte und die von Sabine. »Bitte melden Sie sich bei uns, wenn Ihnen etwas einfällt.«

Er nickt und erhebt sich, um uns zur Tür zu begleiten. »Diese Frau Riedel«, murmelt er. »Wie schnell kann die denn hier sein?«

»In zirka zehn Minuten.«

»Rufen Sie sie bitte an? Ich glaube, meiner Frau würde das guttun.« Er überlegt kurz. »Und mir wahrscheinlich auch.« Er wirft einen Blick auf die Zeitungen, die er offenbar grundlos mit zur Tür genommen hat, und legt sie kopfschüttelnd auf den Garderobenschrank.

Ich nicke und verspreche, Sabine anzurufen.

»Eine Frage.« Harald Blöcher sieht Alex an, als wir schon fast aus der Tür sind. »Was passiert denn jetzt mit Balu? Das ist Fraukes Hund.«

»Das Ordnungsamt hat ihn nach Birkefehl gebracht«, wiederhole ich Frau Kleins Worte. »Dort kann er abgeholt werden.«

»Dann weiß ich ja, was ich morgen zu tun habe«, murmelt Blöcher und verabschiedet sich von uns.

Zurück im Auto krame ich mein Handy aus meiner Tasche und wähle Sabines Nummer. »Sie würden dich gern sehen«, sage ich.

»Bin schon auf dem Weg«, kommt es von ihr zurück.

»Danke! Du hast was gut bei mir.«

»Ich liebe Lebkuchen. Aber nur, wenn wir sie selbst backen.«

»Kriegen wir hin.« Lächelnd beende ich unser Gespräch.

Alex wirft mir einen Seitenblick zu. »Sabine wusste schon Bescheid?«

»Ich hab ihr eine Nachricht geschickt, bevor wir losgefahren sind. Wenn wir Eltern darüber informieren, dass ihr Kind ermordet wurde, ist es ratsam, eine Psychologin an der Hand zu haben.«

Alex nickt anerkennend.

»Sie will Lebkuchen backen«, gebe ich zerknirscht Sabines Wunsch weiter.

»Wie gut, dass du das mit ihr erledigen wirst.«

»Das werden wir sehen.«

Sabine Riedel aus Niederlaasphe arbeitet beim Kriseninterventionsteam des DRK. Bei unserem letzten Fall, einem Mord mit Kindesentführung, stand sie den Opfern mit Rat und Tat zur Seite. Auch ich war froh, bei ihr ein offenes Ohr zu finden. Mittlerweile ist sie für mich mehr als die Psychologin, die ich in meine Fälle einbinde. Sie ist mir zu einer guten Freundin geworden. Eine Freundin, die gern backt, wann immer sie eine freie Minute findet. Noch habe ich mich nicht getraut, ihr zu verraten, dass ich im Lebkuchenbacken eine Niete bin. Aber sie sollte es mittlerweile gewohnt sein, dass sie mir genaue Anweisungen geben muss.

»Dann nehmen wir uns morgen als Erstes Daniel Althaus vor, bevor wir in die Rechtsmedizin fahren«, reißt Alex mich aus meinen Gedanken. »Heute schlagen wir nicht mehr bei ihm auf.«

»Lassen wir ihn über Nacht wenigstens überwachen?«

»Warum sollten wir? Wir haben nichts gegen ihn in der Hand außer dem Kommentar seines Ex-Schwiegervaters in spe, der vielleicht eine Folge Tatort zu viel gesehen hat: Wenn Althaus Frauke nicht haben kann, soll sie kein anderer haben.« Alex lacht leise, aber fröhlich klingt er nicht.

So sehr wir über Harald Blöchers Kommentar schmunzeln: Das hier wäre nicht der erste Mord aus Eifersucht.

6

Montag

Daniel Althaus ist Physiotherapeut in der Praxis in Laasphe, in der auch Frauke Blöcher gearbeitet hat. Alex und ich hatten die Hoffnung, ihn vor der Arbeit zu Hause abzupassen. Dass sein Dienst schon um sieben Uhr beginnt, haben wir beide nicht gedacht. »Hätte ich das gewusst, hätte ich meinen Kaffee zu Hause in Ruhe getrunken«, beschwere ich mich.

»Wer hatte denn Angst, Daniel Althaus könnte über Nacht türmen?«, gibt Alex lächelnd zurück. »Auf geht's in die Praxis.«

Dort treffen wir die Empfangsdame mit vom Weinen geröteten Augen an. Offensichtlich weiß sie bereits über den Tod ihrer Kollegin Bescheid. »Ich wusste, dass Sie kommen«, bestätigt sie unseren Verdacht. »Die Chefin hat Fraukes Eltern angerufen, als die nicht pünktlich zu ihrem Dienst erschien.« Sie greift nach dem nächsten Taschentuch und schnäuzt sich geräuschvoll. »Was ist denn genau passiert?«, will sie wissen.

»Dazu dürfen wir nichts sagen, das verstehen Sie sicher«, erwidert Alex. »Wir sind auf der Suche nach Daniel Althaus.«

Die Augen der Dame weiten sich. »Was wollen Sie denn von Daniel?«

»Wir möchten mit ihm reden«, antworte ich. »Frauke und er waren doch ein Paar, oder?«

»Das ist doch schon seit Wochen vorbei!«

»Trotzdem kann er uns vielleicht weiterhelfen. Ist er da?«

»Ja, aber er ist gerade in einer Behandlung.«

»Die ist jetzt zu Ende. Auch alle weiteren Behandlungen heute müssen leider warten.«

Einen Moment lang ringt die Dame mit sich. »Dann führe ich gleich ein paar Telefonate«, sagt sie alles andere als begeistert und bittet uns, ihr zu folgen. Immer wieder wirft sie einen Blick über ihre Schulter, als müsse sie sicherstellen, dass sie uns auf den paar Metern bis zum Behandlungsraum nicht verliert. Zögernd klopft sie an die Tür und öffnet sie einen Spalt weit. »Daniel, die Polizei ist da. Es geht um Frauke.«

Althaus' Antwort verstehen wir nicht, doch ein paar Sekunden später kommt ein älterer Mann heraus, auf einen

Stock gestützt. »Die Sitzung schreiben Sie mir gut!«, krächzt er und fuchtelt mit seinem Finger um Alex' Nase herum. »Wir waren noch nicht fertig, und jetzt brauche ich ein neues Rezept!«

»Wenn Ihr Arzt Probleme macht, soll er sich bei Alexander Fischer von der Polizei melden«, gibt Alex zurück. Fluchend setzt der Mann sich in Bewegung. Selbst als er um die Ecke gebogen und am Empfangstresen vorbei ist, hören wir ihn vor sich hin schimpfen.

»Beachten Sie ihn nicht weiter. So ist er immer drauf, wenn ich mit ihm fertig bin«, hören wir eine angenehm dunkle Stimme hinter uns. »Bis er draußen auf der Straße ist, hat er sich normalerweise wieder beruhigt. Er war eh schon dabei, sich anzuziehen, als Sie geklopft haben.«

Daniel Althaus ist Anfang 30. Das T-Shirt spannt sich über seine muskulösen Arme. Sein Schädel ist kahl, aus braunen Augen schaut er uns aufmerksam an.

»Herr Althaus, ich bin Alexander Fischer von der Polizei, das ist meine Kollegin Caroline König. Sie sind der Exfreund von Frauke Blöcher, korrekt?«

Althaus nickt.

»Frau Blöcher ist gestern einem Gewaltverbrechen zum

Opfer gefallen. Wir möchten Sie bitten, uns aufs Revier zu begleiten.«

Althaus wird kreidebleich. »Verhaften Sie mich etwa?«

»Dazu haben wir doch keinen Grund, oder?«, fragt Alex.

»Wir haben nur ein paar Fragen an Sie«, werfe ich schnell ein. »Bitte begleiten Sie uns. Ihre Kollegin weiß Bescheid und sagt Ihre Termine für heute ab.«

»Ich kann mich sowieso nicht konzentrieren. Gehen wir.«

Auf dem Präsidium führt mich mein erster Gang zur Kaffeemaschine. Gott sei Dank ist noch welcher da und ich muss nicht warten, bis neuer durchgelaufen ist. »Vom nächsten Gehalt gönne ich uns einen Vollautomaten«, murmele ich, als ich die Kanne mit Filterkaffee, zwei Tassen, Löffel, Milch und Zucker auf ein Tablett stelle. »Ich gehe allein rein«, sage ich kurz, als ich so beladen an Alex vorbei in Richtung Vernehmungsraum laufe.

»Caro …«

»Du hast ihm das Gefühl vermittelt, dass du ihn verhaften willst. Das war unprofessionell. Und ständig sagst du mir, *ich* sei zu impulsiv.«

»Bist du ja auch!«

»Gerade bist du es. Ob es an Althaus' Muskeln liegt, weiß ich nicht, aber zwischen euch beiden hat sich vorhin eine Testosteronblase gebildet. Bleib von mir aus hinter der Scheibe, aber lass mich allein mit ihm reden.«

Kurz ringen unsere Blicke miteinander, doch dann nickt Alex.

»Falls es dich interessiert: Der ist nicht mein Typ. Ich bin kein Bizeps-Groupie.« Ich zwinkere ihm zu, bevor ich den Vernehmungsraum betrete.

»Kaffee oder Tee?«, frage ich Daniel Althaus, während ich mir selbst eine große Tasse Kaffee eingieße.

Er schüttelt den Kopf und deutet auf das Glas mit Wasser, das er sich schon genommen hat.

»Sie melden sich, wenn Sie was anderes möchten, okay?«

Althaus nickt. Kurz überlegt er, ob er das Wasserglas abstellen soll, aber dann behält er es in der Hand. Mir fällt erst jetzt auf, wie müde er aussieht.

»Herr Althaus, erzählen Sie mir von sich und Frauke Blöcher.«

»Waren Sie bei Fraukes Eltern?«

»Natürlich.«

»Deswegen sitze ich hier, richtig? Harry hat gesagt, ich

hätte sie umgebracht.« Seine Gesichtszüge verdunkeln sich.

»Ich möchte nicht mit Ihnen über Harald Blöcher sprechen, sondern über Frauke«, erwidere ich ruhig. »Wie lange waren Sie zusammen?«

»Sind.«

»Bitte?«

»Wir sind zusammen. Seit zwei Jahren. Harry konnte mich nicht leiden, deswegen hat er gesagt, dass wir getrennt sind. Genauso wie er überall herumerzählt, dass ich bei Frauke eingebrochen bin.«

»Sind Sie denn bei ihr eingebrochen?«

Althaus verschluckt sich an seinem Wasser. »Nein! Als Frauke gesehen hat, dass sich vor ein paar Wochen jemand an ihrem Haustürschloss zu schaffen gemacht hat, hat sie sogar mich angerufen, um mit ihr zu prüfen, ob noch alles da ist!«

»Fehlte etwas?«

»Nein. Wahrscheinlich hat jemand sein Glück versucht und die alte Schachtel von gegenüber hat ihn gestört. Die glotzt ja ständig aus dem Fenster.«

Ich beschließe, nicht weiter auf den Einbruch einzugehen. Aber ich frage mich, wie Althaus sich erklärt, dass seine Kollegin am Empfangstresen vorhin ebenfalls von Trennung gesprochen hat. »Wann haben Sie Frauke zuletzt gesehen?«, frage ich stattdessen.

»Am Freitag. Gestern habe ich versucht, sie anzurufen, aber sie ging nicht ans Handy. Ich hab überlegt, vorbeizufahren, aber dann dachte ich, sie dreht ein neues Video. Ich hätte heute Morgen auf der Arbeit mit ihr geredet. Sie musste mir Balu zurückgeben.«

»Fraukes Hund?«

»Unseren Hund. Jede Woche hat ihn einer von uns. Ab heute bin ich dran.« Er lehnt sich nach vorn. »Ist Balu was passiert?«

»Nein. Das Ordnungsamt hat ihn gestern zum Hof Birkefehl gebracht. Dort können Sie ihn abholen.«

Althaus atmet auf. »Ich hätte es nicht ertragen, ihn auch noch zu verlieren«, sagt er leise.

»Aber Sie sagten doch, Sie seien ein Paar? Warum haben Sie dann diese Regelung für den Hund?«

»Wir sind ein Paar. Aber wir wohnen zurzeit nicht zusammen.« Althaus fährt sich mit den Händen über den kahlen Kopf.

»Was haben Sie gestern so getrieben?«

»Ich war zu Hause und habe an meiner Steuererklärung gesessen. Zeugen hab ich dafür keine. Ich kann Ihnen aber gern den Papierkram zeigen, den ich einreichen werde.«

»Wie lief es zwischen Frauke und Ihnen in letzter Zeit?«, lenke ich unser Gespräch wieder auf Kurs.

»Kennen Sie das, wenn Sie mit jemandem zusammen sind, dem Sie blind vertrauen können? Der alles mit Ihnen teilt?« Althaus sieht mich erwartungsvoll an.

Ich nicke leicht und fordere ihn mit einer Handbewegung auf, weiterzureden.

»Frauke und ich waren glücklich. Füreinander bestimmt.«

»Haben Sie sich über die Arbeit kennengelernt?«

»Ja. Wir waren Arbeitskollegen, die Freunde wurden. Irgendwann haben wir uns ineinander verliebt.«

»Aber jetzt waren Sie kein Paar mehr, oder?«

»Sie brauchte eine Pause«, sagt Althaus ruhig, doch seine Finger umklammern sein Glas so fest, dass die Knöchel weiß hervortreten. »Deswegen bin ich vorübergehend ausgezogen.« Er nimmt einen Schluck Wasser. »Wo bleibt Ihr Kollege?«, fragt er plötzlich.

»Der ist anderweitig beschäftigt.«

»Ist er etwa eifersüchtig?« Althaus' Mundwinkel zucken.

Ich lehne mich nach vorn. »Waren Sie eifersüchtig? Gab es jemand anderen in Fraukes Leben? Hat sie sich deswegen von Ihnen getrennt?«

»Nein!«

»Sondern?«

»Wir waren nicht getrennt. Sie wollte sich auf ihre Fitness-Videos konzentrieren. Sie hat angefangen, im Internet durchzustarten. Dafür brauchte sie Luft.«

»Und Sie standen ihr im Weg?«

»Ich habe sie immer unterstützt!«

»Aber dann fing sie an, in den sozialen Medien erfolgreich zu werden.«

Althaus stellt das Wasserglas so fest auf den Tisch, dass ein Schluck überschwappt. »Frauke und ich waren ein Paar. Sie brauchte ein wenig Freiraum, aber sie wäre zu mir zurückgekommen. Statt mich hier wie einen Schwerverbrecher zu behandeln, sollten Sie sich die ganzen Freaks angucken, die sie in den sozialen Medien kontaktiert haben!«

7

»Bist du zufrieden mit deinem Verhör?«, fragt Alex mich, nachdem ich Daniel Althaus zur Tür gebracht habe. Jetzt sitzen wir zusammen mit Ingrid und Murat im Besprechungszimmer.

»Ich habe ihn gebeten, sich zu unserer Verfügung zu halten.« Ich seufze. »Aber du hattest recht: Wir haben nichts gegen ihn in der Hand, außer der Tatsache, dass er nicht begreift, dass seine Beziehung zu Frauke Blöcher vorbei war. Jetzt ist er auf dem Weg nach Birkefehl, um den Hund abzuholen. Womöglich war Harald Blöcher schneller als er. Aber das müssen die beiden unter sich ausmachen.«

»Schon eine komische Regelung, den Hund wochenweise hin und her zu schieben«, meint Ingrid. »Womöglich hatten die beiden eine Art Sorgerechtsstreit, der eskaliert ist.«

Alex macht eine Notiz auf unserem Whiteboard, aber geht nicht weiter auf ihren Kommentar ein. Es ist unnötig, zu sagen, dass wir aufgrund dieser Spekulation nichts unternehmen können. Anschließend greift er nach der Kaffeekanne, stellt aber fest, dass sie leer ist. »Kann mal jemand darauf achten, dass Caro nicht gegenüber von diesem Ding sitzt?« Frustriert stellt er die Kanne wieder ab. »Dann bleibt für niemand anderen ein Schluck übrig!«

»Tut mir leid«, murmele ich.

Murat und Ingrid grummeln ebenfalls eine Entschuldigung, werfen einander aber anschließend einen amüsierten Blick zu, als Alex sich wieder dem Whiteboard widmet.

»Dem Hinweis zu den Nachrichten in den sozialen Medien werde ich nachgehen«, sagt Murat, jetzt wieder ernst. »Bei den vielen Anfragen, die unser Opfer erhalten hat, wird das eine Weile dauern. Sie hat leider keinerlei Filter gesetzt, die die Kontaktaufnahme zu ihr erschwert hätten. So gibt es jede Menge Männer in ihrer Liste, die sicher nicht mit ihr Sport getrieben haben. Sieht auf den ersten Blick nach mehr Followern aus, wenn man die Typen nicht aussortiert.« Er rollt mit den Augen.

»Was soll dieses ganze Influencer-Ding überhaupt?«, fragt Ingrid. »Im Ernst: Nennt mich alt, aber ich verstehe das nicht.«

»Angefangen hat alles auf YouTube«, erklärt Murat ihr. »Leute haben vor der Kamera über ihren Tagesablauf berichtet. Klingt langweilig, aber es gab durchaus Interesse. Vor allem, weil es plötzlich Lösungen für gefühlt jedes Problem gab. Auf einmal konntest du gratis Gitarre spielen lernen. Jemand berichtete, welches Mittel bei Flecken auf Terrassensteinen hilft, oder welches Shampoo gegen Haarausfall wirkt. Hersteller von den jeweiligen Produkten haben irgendwann erkannt, dass sie so eine neue Zielgruppe erreichen, und diese Menschen gebeten, ihre Produkte auf ihre Art zu bewerben.«

»Daher der Name Influencer«, ergänzt Alex. »Das kommt vom englischen Wort für Einflussnahme.«

»Den Influencern wurde wiederum klar, dass sie von besagten Unternehmen Geld verlangen können, wenn sie deren Produkte vorstellen. Je mehr Follower, also Menschen, die dein Video sehen, desto größer das Honorar«, füge ich hinzu. »In den letzten Jahren haben sich diese Aktivitäten zunehmend von YouTube auf die Online-Plattform Instagram verlagert. Was Influencer bewerben, kaufen 400 Millionen Menschen weltweit. Bei einem Influencer hat man ein Gesicht zum Produkt, das schafft Vertrauen. Viele von ihnen können mittlerweile von dieser Tätigkeit leben. Laut Umfragen hat jeder Zweite zwischen 20 und 25 Jahren auf Empfehlung eines Influencers schon mal ein Produkt gekauft.«

»Aber unser Opfer hat doch nur Sport vor der Kamera gemacht. Sie hatte doch einen normalen Job als Physiotherapeutin«, gibt Ingrid zu bedenken.

»Frauke Blöcher hat nicht nur Videos gemacht, sondern sie war auch Ernährungsberaterin.« Murat zeigt uns das Online-Profil des Opfers. »Zudem bewirbt sie konkrete Produkte wie Proteinriegel oder Eiweißshakes. Mit über 1.500 Followern bekam sie bestimmt eine Provision für diese Produkte. Und durch ihre Sportvideos hat sie mit Sicherheit den ein oder anderen Auftrag für ihre Ernährungsberatung bekommen.«

»Das ganze ›Fit mit Frauke‹-Programm diente also dazu, Aufmerksamkeit auf die Ernährungsberatung zu lenken«, murmelt Ingrid. Sie deutet auf die Videos von Frauke Blöcher, die stummgeschaltet über Murats Bildschirm laufen. Für diese hatte sie sich immer Orte in unserer Region ausgesucht und eine Portion Humor hinzugefügt: Am alten Sportplatz in Laasphe sieht man nur Frauke Blöchers Oberkörper. Sie zeigt grinsend auf ihre Beine, die im zu hohen Gras versteckt sind. Dann zuckt sie die Achseln und führt danach Übungen für Arme, Schultern und Nacken durch. Auf der

Aussichtskanzel über Arfeld bindet sie das Geländer und die Bank in ihre Dehnübungen mit ein. Vor der dicken Buche in Krombach macht sie Kniebeugen und nutzt den Baum zum Abschluss für ihre Brustmuskelübungen, um danach ihre bemoosten Hände lachend in die Kamera zu zeigen.

»Sport ist überall möglich, wenn man will, hat man keine Ausrede«, fasse ich zusammen, was Janine Bender, die Sanitäterin, gestern gesagt hat. »Womöglich wollte Frauke Blöcher im Rübenkeller am Stünzel ein neues Video für ›Fit mit Frauke‹ drehen.«

»Sie hätte irgendwann Werbung für Sportkleidung oder -geräte gemacht, dann hätte sie auch mit diesen Videos Geld verdient«, sagt Ingrid nachdenklich.

»Du hast das Prinzip verstanden«, antwortet Alex zufrieden.

Alex und ich sitzen im Auto auf dem Weg nach Siegen. Die Obduktion ist abgeschlossen und wir werden uns gleich mit Carl Schröder, dem Rechtsmediziner, treffen. Murat kümmert sich in der Zwischenzeit weiter um Frauke Blöchers Handy. Ingrid kehrt an den Tatort zurück. Große Hoffnung, dass sie etwas finden wird, was uns weiterbringt, haben wir zwar nicht. Da es gestern schon so früh dunkel wurde, wird sie es wenigstens versuchen.

Alex' Handy ist mit unserer Freisprechanlage verbunden. Während ich am Steuer sitze, beantwortet er mehr oder minder geduldig alle Fragen der Presse, die auf heißen Kohlen sitzt.

»Immer sickert was zu ihnen durch. Wir brauchen wieder jemanden im Team, der sich um solche Anrufe kümmert«, grummelt er, als er zum dritten Mal heruntergeleiert hat, dass er sich zu laufenden Ermittlungen nicht äußern kann.

»Wie läuft es mit der Stellenausschreibung?«, frage ich.

Die Pressearbeit ist eine weitere Aufgabe, die derzeit an Alex hängen bleibt. Er hat sich ans Land NRW gewandt, um die Stelle in unserem Team neu zu besetzen, bislang jedoch ohne Erfolg. »Der Oberkurs aus Siegen schließt nächstes Jahr die Ausbildung ab. Dann bekommen wir mit Glück jemanden zugeteilt.« Müde fährt er sich über die Augen.

»Ich kann auch allein nach Weidenau fahren, dann hast du Zeit, dich ein wenig hinzulegen. Oder mit Sabine Lebkuchen zu backen.«

»Das hast du ihr zugesagt, Joker. Jetzt versuch nicht, das auf mich abzuwälzen.«

»Stimmt, du musst dich ja darum kümmern, die Möbel in unserem Wohnzimmer für den Weihnachtsbaum umzustellen, Herzbube.«

Lachend nimmt er meine Hand.

Was meine Eltern sich dabei gedacht haben, mich zu nennen wie eine Spielkarte, werde ich nie verstehen. Schon früh brachte mir das in der Schule den Spitznamen Joker ein. Seit ich in Alex' Team arbeite und bekannt ist, dass wir ein Paar sind, nennen die Kollegen ihn Herzbube. Unser Gerangel vor dem Vernehmungsraum vorhin ist eine der wenigen Situationen, in denen es nicht einfach ist, dass Alex mein Vorgesetzter und mein Lebensgefährte ist. Insgeheim hatten wir beide aber mit mehr Problemen gerechnet, als ich meine Stelle bei der Polizei in Bad Laasphe angetreten habe. Ich genieße keine Sonderbehandlung und akzeptiere ihn als meinen Chef. Ich komme seinen Anweisungen nach. Meistens jedenfalls. Wenn ich nicht zu impulsiv bin – eine Schwäche, an der ich definitiv arbeiten muss. Ein größeres Problem ist momentan allerdings, dass die für uns zuständige Rechtsmedizin nicht mehr in Bad Berleburg ansässig ist, sondern in Siegen-Weidenau, eine knappe Stunde von Laasphe entfernt. So verlieren wir wertvolle Zeit. Aber auch im Krankenhaus Berleburg scheinen die Bemühungen um einen Nachfolger des vorherigen Rechtsmediziners derzeit erfolglos. Und so hefte ich meinen Blick wieder auf die Straße und folge weiter der B62. Wir haben es fast geschafft.

Carl Schröder ist ein untersetzter Mann Anfang 50, der nicht gern um den heißen Brei herumredet. Er weiß, welche Strecke wir hierher zurücklegen, und will unsere Zeit nicht länger in Anspruch nehmen als nötig. Und so landen wir nach einem kurzen »Gon Dach« am Autopsietisch, auf dem Frauke Blöchers Leiche liegt. Dort setzt Schröder seine Lesebrille auf, die ihm direkt auf die Nasenspitze rutscht, während er sich Handschuhe anzieht. »Tod aufgrund von inneren Blutungen, ausgelöst durch einen spitzen Gegenstand, den der Täter dem Opfer in den Bauch gerammt hat. Damit hat er die Pfortader getroffen, eine große Ader, die entlang des Darms verläuft, und den Darm selbst. Weitere Organe hat er touchiert, als er den Gegenstand wieder herauszog.«

»Mit dem spitzen Gegenstand ist ein Messer gemeint?«, hakt Alex nach.

»Eher ein Dolch. Der Durchmesser der Wunde ist größer, man kann an den Wundrändern jedoch erkennen, dass der

Gegenstand stumpfer war als ein Messer. Wir haben Spuren von Rost in und an der Wunde gefunden.« Schröder zieht die Wunde mit seinen behandschuhten Fingern sanft auseinander, damit wir diese besser begutachten können. »Die genauen Abmessungen finden Sie im Bericht. Sonstige Abwehrspuren gibt es nicht. Der Täter hat das Opfer anscheinend überrascht und keine Zeit verloren.«

»Wie lange hat sie nach dem Angriff noch gelebt?«, frage ich.

»Etwa zwei, drei Minuten. Durch die verletzte Ader hatte sie keine Chance.«

»Gibt es sonst etwas, das wir wissen müssen?«

»Die Frau war für ihre Größe leicht untergewichtig. Ich hätte ihr gern was von meiner Wampe abgegeben.« Als keiner von uns lacht, verabschiedet Schröder sich mit einem knappen »Nodda« von uns.

Zurück im Auto fasse ich zusammen, was wir bislang wissen: »Das hier war definitiv eine vorsätzliche Tat: Der Täter kannte Frauke Blöcher, er wusste, dass sie am Sonntag im Wald mit dem Hund unterwegs sein würde. Er brachte einen Dolch mit und stach ihr in den Bauch. Er wollte sie nicht nur verletzen, er wollte sie töten.«

»Warum riskierte er, von ihrem Hund gebissen zu werden? Wenn er Frauke Blöcher kennt, hätte er eine Woche aussuchen können, in der der Hund bei Daniel Althaus und sie für ihre Videos allein im Wald war.«

»Vielleicht wollte er, dass der Hund dabei ist, um den Zeitdruck für sich selbst zu erhöhen.«

»Wie meinst du das?«

»Stell dir vor, du bist der Täter. Du willst Frauke Blöcher umbringen. Dir den Mord vorzustellen, ist eine Sache. Ihr plötzlich gegenüberzustehen und diese Fantasie in die Tat umzusetzen, eine andere.« Ich streiche mir eine Ponysträhne in die Stirn, sodass sie mein Muttermal verdeckt, während ich mich weiter auf das Szenario vor meinem inneren Auge konzentriere. »Der Täter musste schnell sein, weil er sonst ein zu großes Risiko eingegangen wäre, dass der Hund den Mord verhindert. Er brauchte den Hund, um das letzte bisschen Antrieb zu finden, seinen Plan durchzuziehen. Einen Menschen zu erdolchen, ihm in die Augen zu sehen, während man ihn ermordet, kostet Überwindung.«

»Würde ein Mörder wirklich so denken?« Alex klingt skeptisch.

»Möglich wäre es. Aber vielleicht hat er auch gar nicht daran gedacht, dass der Hund ein Problem werden könnte. Balu ist ein Golden Retriever, richtig? Also groß, aber von einer Rasse, der man ein freundliches Wesen nachsagt. Wenn der Mörder Frauke Blöcher kannte, kannte er vielleicht auch Balu und ihm war nicht bewusst, dass der Hund so aggressiv werden könnte, um sein Frauchen zu beschützen.«

»Ich denke die ganze Zeit an Daniel Althaus. Er hatte Motiv und Gelegenheit. Sein Alibi ist fraglich. Und der Hund kannte ihn, hätte ihn also nah an Frauke Blöcher herangelassen.«

»Nicht nur du musst an ihn denken. Aber wenn das Opfer nach dem Stich nur noch drei Minuten gelebt hat, hätte der Täter sich sehr schnell vom Tatort entfernen müssen, und das, ohne gesehen zu werden. Warum nicht dortbleiben und den Notruf wählen, damit ich mich nicht verdächtig mache?«

»Du denkst, es war Wiebke Schneider?«

»Laut ihrer Aussage hat Frauke Blöcher noch gelebt, als sie sie gefunden hat. Wir sollten ihr zumindest einen Besuch abstatten.«

8

Als wir in Bernshausen im Kurzen Weg vor Wiebke Schneiders Haus parken, ist es schon dunkel. Hinter einzelnen Fenstern brennt Licht, aber ansonsten wirkt das Örtchen menschenleer.

»So schnell ist der Tag vorbei und ich hab das Gefühl, wir sind überhaupt nicht vorangekommen.« Alex hat während der kompletten Rückfahrt Telefonate geführt. Wegen Krankheit mussten Dienstpläne anderer Kollegen geändert werden. Als Chef von zirka zehn Beamten kümmert er sich darum. Mit dem Weihnachtsurlaub, den manche von ihnen eingetragen haben, gerät das Team an seine Grenzen. »Wenn Ingrid schnell Ergebnisse braucht, wird ihr nichts anderes übrigbleiben, als selbst Analysen im Labor durchzuführen. Und Unterstützung für Murat bei der Auswertung von Frauke Blöchers Online-Konto kann ich auch nicht organisieren.« Stirnrunzelnd starrt Alex auf die Dienstpläne, die er auf dem Handy gespeichert hat, nur um ein paar Sekunden später den nächsten Anruf einer Journalistin anzunehmen. Die Presse hofft immer noch auf pikante Details, doch Alex vertröstet sie.

»Morgen muss ich mich irgendwie äußern«, sagt er jetzt entschieden. »Lass uns auf diesem Wege um Hinweise bitten.«

»Klar, gute Idee«, sage ich mechanisch. Durch die Presse nach Zeugen für ein Verbrechen zu suchen, ist grundsätzlich nicht verkehrt. Leider nutzen jede Menge Wichtigtuer diese Aufrufe, um alte Rechnungen zu begleichen, und nicht immer ist auf den ersten Blick klar, wann es sich lohnt, einem Hinweis nachzugehen. Nach einer solchen Pressekonferenz wird Alex' Telefon erst recht nicht mehr stillstehen.

»Was sollte ich deiner Meinung nach tun?«, fragt er.

»Ist das eine rhetorische Frage?«

»Nein.«

Ich werfe Alex einen Seitenblick zu. Er sieht mich abwartend an. Anscheinend hat er mir angehört, dass ich von seiner Idee nicht so begeistert bin.

»Die Pressekonferenz muss sein. Aber mögliche Zeugen hätten sich schon gemeldet.«

»Auch, wenn sie zum Beispiel Daniel Althaus im Wald getroffen haben und gar nicht wussten, dass ein paar Meter weiter eine Frau ermordet wurde? Ein Kind könnte den Dolch gefunden und mitgenommen haben, weil es gedacht hat, er wäre ein Spielzeug.« Als er meinen Gesichtsausdruck sieht, fügt er hinzu: »Letzteres ist nicht besonders wahrscheinlich, ich weiß. Aber ich denke, wir müssen es versuchen.«

»Oder wir machen es von unserem Gespräch mit Wiebke Schneider abhängig. Außerdem müssen wir uns in Frauke Blöchers Wohnung umsehen. Jemand hat versucht, dort einzubrechen. Vielleicht finden wir dort etwas, das uns weiterbringt.«

Wiebke Schneider läuft just in diesem Moment mit ihrem Hund an unserem Auto vorbei. Als wir aussteigen, fängt der Terrier an, wie verrückt zu kläffen. »Rocky, bitte nein«, sagt sie leise und zieht an der Leine, was ihn nur noch wilder macht.

»Guten Abend, Frau Schneider«, ruft Alex über das Gebell hinweg, »wir müssen uns unterhalten.«

Wiebke Schneider nickt und zieht wieder an der Leine. »Rocky, lass das doch mal«, quengelt sie. »Gehen wir rein«, sagt sie an uns gewandt und schleift ihren Hund hinter sich her bis zur Haustür. Im ersten Stock angekommen, lässt sie ihn von der Leine. Er stellt daraufhin zwar sein Gebell ein, aber nutzt den neu gewonnenen Freiraum, um an Alex und mir hochzuspringen. »Rocky, bitte nein! Komm jetzt!«, befiehlt Frau Schneider ein wenig resoluter. Schließlich folgt der Hund ihr durch das an den Flur angrenzende Wohn-Esszimmer in die Küche, wo es etwas zu fressen gibt. Ich bin erstaunt: Wiebke Schneider, die sich gestern so gehässig darüber geäußert hat, wie Balu sein auf dem Boden liegendes und sterbendes Frauchen beschützte, hat ihren eigenen Hund scheinbar nicht im Griff.

»Möchten Sie was trinken?«, ruft sie uns zu, während sie Hundefutter in einen Napf füllt.

»Ein Wasser, bitte«, sagt Alex.

»Für mich auch, bitte«, sage ich, was mir einen zustimmenden Seitenblick beschert. Um diese Uhrzeit brauche selbst ich keinen Kaffee mehr.

»Setzen Sie sich doch!«

Wir nehmen am Esstisch Platz. Ich nutze die Zeit, um mich umzusehen: Das Zimmer war mit Sicherheit früher einmal geteilt. An der Decke ist dort, wo die Wand herausgerissen wurde, ein Stützbalken eingebaut. Das gemütliche Sofa liegt voll mit Kissen und Wolldecken für Rocky. Es steht vor einem großen Fenster, das fast die komplette Wand ausfüllt. So wird es hier tagsüber bestimmt hell. Überall hängen kleine Regale mit weihnachtlichen Dekogegenständen. Kerzen. Tannengrün. Eine Pyramide aus dem Erzgebirge. Hier und da findet sich ein Foto von Rockybittenein, wie ich den Terrier in Gedanken nenne. Andere Bilder gibt es nicht. In diesem Zimmer würde ich sofort eine Ecke für den Weihnachtsbaum finden, schießt es mir durch den Kopf.

»Da hinten wäre Platz«, murmelt Alex neben mir.

Auch er denkt daran, erkenne ich lächelnd.

Wiebke Schneider stellt eine Flasche Wasser und drei Gläser auf den Tisch, den Hundenapf stellt sie auf den Boden in einer Zimmerecke. Rocky stürzt sich direkt darauf. »Jetzt haben wir einen Moment Ruhe«, sagt sie zufrieden und setzt sich zu uns.

Sie trägt ausgeblichene Jeans und einen Kapuzenpullover, der eine Nummer zu klein für sie ist. Aus ihrem Pferdeschwanz lösen sich einzelne Strähnen der dunkelblonden, hier und da grauen Haare. Die große dunkle Brille lässt ihr Gesicht noch runder und blasser wirken.

»Frau Schneider, bitte beschreiben Sie uns Ihren Tagesablauf gestern«, bittet Alex sie, während sie uns Wasser einschenkt.

»Wir haben ausgeschlafen, Rocky und ich. Ich bin Kassiererin bei Lidl und echt froh, wenn ich mal einen freien Tag habe. Erst jetzt komme ich von der Arbeit und Rocky bekommt eher was zu essen als ich.« Sie wirft uns einen vorwurfsvollen Blick zu. Am liebsten würde ich ihr sagen, dass sie nicht die Einzige ist, die so spät noch arbeitet, aber ich verkneife mir meinen Kommentar.

»Meine Eltern wohnen in der Wohnung unter mir«, fährt Frau Schneider fort. »Sie sind nicht mehr so fit. Beide sind schon über 70 und können nicht mehr so, wenn Sie verstehen, was ich meine. Da bleibt viel an mir hängen.«

»Was haben Sie gestern gemacht, als Sie ausgeschlafen hatten?«, frage ich.

»Wir haben gefrühstückt. Anschließend hab ich Wäsche gewaschen und meinen Eltern im Haushalt geholfen. Dann sind Rocky und ich in den Wald bei Stünzel.«

»Sind Sie oft dort unterwegs?«, will Alex wissen. »Das ist ja ein Stück entfernt von hier.«

»Normalerweise gehen wir hier Gassi. Als Sie nach Bernshausen reingefahren sind, haben Sie linker Hand das Schild in Richtung Wanderparkplatz gesehen. Dort startet normalerweise unsere Runde. Aber gestern mussten wir mal was anderes sehen. Ist ja langweilig, immer dieselbe Strecke zu gehen. In den letzten Wochen waren wir ein paarmal am Stünzelfestplatz. Ist schön da.«

»Wann sind Sie gestern da angekommen?«, fragt Alex.

»Ich weiß es nicht mehr genau. So gegen halb drei, es wird ja jetzt früh dunkel. Als wir im Wald unterwegs waren, hab ich auf einmal jemanden stöhnen gehört. Ohne das Geräusch hätte ich die Frau gar nicht gesehen. Der Rübenkeller interessiert mich nicht sonderlich, wir waren ein Stück davon entfernt. Wie Sie ja wissen, findet man ihn nur, wenn man genau hinschaut, so verdeckt ist der von Bäumen. Ihr Hund war so groß und ich konnte sie kaum sehen. Deswegen wollte ich näher ran und gucken, was mit ihr los ist, und ob sie Hilfe braucht. Aber der Köter hat mich nicht gelassen!« Wiebke Schneiders Augen werden feucht. Sie blinzelt ein paarmal und streicht sich mit der Hand über die Wange. »Ich hab alles versucht, aber ich kam nicht an die Frau heran! Erst hab ich mein Handy nicht gefunden. Ich habe immer eine Tasche mit Leckerli für Rocky und einem Müsliriegel für mich dabei, aber da drin war es nicht.« Sie fährt sich mit zitternden Händen durch ihre Haare. »Ich hatte es in meine Jacke gesteckt.«

Sie unterdrückt ein Schluchzen. »Dann hab ich den Notruf gewählt. Ich weiß nicht, ob die Frau zu der Zeit noch geatmet hat oder ob sie wieder gestöhnt hat. Rocky hat gebellt. Ihr Hund hat gebellt. Und der Mann am Telefon hat mir Fragen gestellt, auf die ich keine Antwort wusste, weil ich sie nicht richtig sehen konnte!«

»Kannten Sie Frauke Blöcher?«, frage ich.

»Nein.«

»Sagt Ihnen der Internet-Kanal ›Fit mit Frauke‹ etwas?«

»Nein. Durch meine Eltern und meinen Job hab ich kaum Zeit fürs Internet. Wenn ich abends mal nicht direkt ins Bett falle, gucke ich ›Game of Thrones‹ oder ›Die Ringe der Macht‹.«

»Haben Sie im Wald an dem Tag noch jemanden gesehen? Ist Ihnen jemand begegnet, bevor oder nachdem Sie Frauke Blöcher gefunden haben?«

»Nein, ich war allein. Allein mit ihrem riesigen Hund. Gott sei Dank hatte ich meinen Rocky dabei.«

Mit verzweifeltem Blick sieht sie Alex und mich an. »Sie wollen mir doch keine unterlassene Hilfeleistung unterstellen, oder? Ich weiß echt nicht, was ich sonst hätte machen sollen!«

9

Dienstag

Gestern fuhren Alex und ich nach dem Gespräch mit Wiebke Schneider direkt nach Hause. Unterwegs besorgten wir uns zwei Döner – nach zwei hastig gekauften belegten Brötchen beim Bäcker in Weidenau das erste Essen an diesem Tag. Wortlos holte Alex uns zwei Bier aus dem Kühlschrank, die wir zusammen mit unseren Dönern nahezu einatmeten. Ums Wohnzimmer machten wir einen Bogen und legten uns sofort ins Bett. Heute fit zu sein, war wichtiger, als über unseren Weihnachtsbaum zu reden.

Nach einer halbwegs ruhigen Nacht fahre ich am Morgen nach Fischelbach zu Frauke Blöchers Wohnung. Hier werden Ingrid und ich uns umsehen, während Alex sich weiter mit seinem Chef, der Presse und dem Papierkram herumschlägt.

»Guten Morgen.« Ingrid steht vor der Haustür und wartet auf mich.

»Guten Morgen. Bist du schon lange hier?«

»Nein, ich bin gerade erst gekommen.« Ingrid wirft einen

Blick über ihre Hornbrille hinweg auf das Haus gegenüber. »Hattet ihr gestern auch ein so aufmerksames Publikum?«, fragt sie. Hinter dem Fenster bewegt sich die Scheibengardine.

»Ja, die Dame war gestern schon da.« Ich seufze.

Frauke Blöchers Nachbarin drückt sich am Küchenfenster die Nase platt, um bloß nicht zu verpassen, was wir vor der Wohnung des Opfers treiben.

»Weiß die Frau, dass diese Art von Gardine nur die Hälfte der Fensterscheibe bedeckt und wir sie einwandfrei sehen?«

»Wenigstens steht sie nicht wie gestern draußen rum. Komm, kümmern wir uns um unseren Kram.«

Wir wenden uns der Haustür zu. Ingrid hat eine Lupe mitgebracht, aber wie sich herausstellt, ist die gar nicht nötig. »Das hier könnten Einbruchsspuren sein.« Sie zeigt auf die kleinen Abschürfungen am Schließzylinder. »Kann aber auch jemand gewesen sein, der mit zwei Promille intus nicht das Schloss getroffen hat und mit dem Schlüssel etwas rabiater war. Die Tür ist nicht neu, solche Kratzer sind nach ein paar Jahren nicht ungewöhnlich.«

»Also kann man nicht sagen, ob wirklich jemand eingebrochen ist oder es wollte?«

»Leider nein. Wenn, dann waren das keine Profis. Aber ob der Einbrecher, wenn es denn einer war, Erfolg hatte, wird nur das Opfer gewusst haben.«

»Zumindest hat Frauke Blöcher behauptet, dass jemand versucht hat, einzubrechen, dann wären die Spuren recht neu. Warum hat sie das nicht zur Anzeige gebracht?«

»Was hätte das genützt, wenn es bei dem Versuch geblieben ist und nichts fehlte?« Ingrid zuckt mit den Schultern. »Sehen wir uns mal die Wohnung an.« Sie greift in ihre Tasche und zieht ein Werkzeug hervor, mit dem sie nach zwei geübten Handgriffen die Haustür geöffnet hat.

Ich bin beeindruckt. »Gehört das Türenaufbrechen zum Standardwissen bei der Spurensicherung?«

»Wenn man auf dem Land lebt und der nächste Schlüsseldienst aus 30 Kilometern Entfernung anrücken muss, weiß man sich irgendwann zu helfen«, gibt sie zurück und lässt mir den Vortritt ins Haus.

Vor der Wohnungstür im Erdgeschoss stehen diverse Paar Schuhe, bei denen auf den ersten Blick klar ist, warum sie nicht den Weg in die Wohnung gefunden haben. »Momentan haben wir nur Mistwetter«, grummelt Ingrid, während sie das Türschloss in Augenschein nimmt. »Hier gibt es auch keine eindeutigen Einbruchsspuren«, sagt sie nach einem Moment. »Am Schloss gibt es ebenfalls kleine Kratzer, aber die sind schlechter zu sehen als die draußen an der Haustür.«

»Hat Frauke Blöcher dieses Schloss ersetzen lassen?«

»Dann wären die vorhandenen Spuren sehr ungewöhnlich.«

»Okay, lass uns reingehen.« Ich hoffe, sie hört mir nicht an, wie frustriert ich bin.

Im Flur gibt es einen weiteren Grund, warum sämtliche Schuhe draußen vor der Wohnung stehen: Es gibt keine Garderobe. Nur ein paar Haken für Jacken und eine Hundeleine hängen an der Wand, daneben steht eine Klimmzugstange. Links geht es in ein helles Zimmer, das groß genug für ein Wohnzimmer wäre. Doch wo sonst eine Couch und ein Fernseher stehen, gibt es hier nur eine große leere Fläche, umgeben von Strahlern. Auf dem Schränkchen dahinter liegen diverse Kameras und Mikrofone, in einem Regal sehe ich eine zusammengerollte Yogamatte, Faszienbälle und Therabänder. An der Wand steht ein Schreibtisch mit einem riesigen Bildschirm. Darüber hängt ein Kalender, der schon den Januar zeigt und auf dem groß »Die 31-Tage-Challenge« vermerkt ist, mit Hinweisen darauf, welche Videos wann online gestellt werden.

»Unser Opfer wollte mit mehr Inhalt ins neue Jahr starten«, stelle ich fest. »Ein Video pro Tag. Für Influencer im Fitness-Bereich gar nicht ungewöhnlich. Viele Leute beginnen das Jahr mit guten Vorsätzen. Und wenn ihnen Fraukes Videos gefallen hätten, hätte der ein oder andere sich vielleicht für ihre Ernährungsberatung entschieden.«

Am Ende des Raumes gibt es eine kleine Sitzecke, auf deren Tisch ein Adventskranz steht. Daneben liegt ein Hundebett voll mit Hundespielzeug, auf dem Balu wohl seinen Platz fand. An der Wand dahinter prangt das »Fit mit Frauke«-Logo, das mir von ihrem Internet-Kanal schon bekannt ist.

»Hätte ich bei so einem Influencer nicht gedacht, dass es hier ein richtiges Arbeitszimmer und so viel professionelles Equipment gibt.« Ingrid sieht sich staunend um.

»Wenn man das beruflich machen möchte, muss man wohl investieren«, stimme ich ihr zu. »Da Frauke Blöcher viele Videos draußen gedreht hat, brauchte sie Kameras und Mikrofone, um alles in entsprechender Qualität aufzuzeichnen. An diesem Bildschirm hier hat sie anschließend ihre Videos bearbeitet, bevor sie sie online gestellt hat. Auf der leeren Fläche hatte sie genug Platz, drinnen Trainingsvideos zu drehen. In der gemütlichen Ecke dort hinten konnte sie sich hinsetzen und Videos zum Thema Ernährung aufzeichnen. Dort hat sie vermutlich auch ihre Ernährungsberatungen abgehalten.« Ich öffne das kleine Schränkchen neben dem Schreibtisch. Es ist voll mit Proteinshakes. »Und hier findest du die Gratisprodukte, die die Hersteller ihr zum Testen und Bewerben schicken.«

»Falls es einen Einbruch gab, hat der Einbrecher nach etwas Bestimmtem gesucht. Um Wertgegenstände ging es nicht. Die Kameras dort sind teuer, der Computer auch. Das alles hätte der Einbrecher sonst mitgenommen. Ich glaube nicht, dass ich hier Fingerabdrücke oder andere Spuren finden werde, die uns weiterbringen.«

»In diesem Raum wahrscheinlich nicht. Aber lass uns mal schauen, ob es in den anderen Zimmern was gibt.«

Ingrid zieht weiter ins Badezimmer neben diesem Raum und gleich darauf in die Küche gegenüber, ich sehe mich im Schlafzimmer um. Die rechte Wand wird von einem riesigen Kleiderschrank dominiert, der nahezu komplett verspiegelt ist. Dadurch wirkt das Zimmer größer, als es ist. Ich öffne die Schranktüren: Kleidung, Kosmetika. Der letzte Schrank ist komplett mit Ordnern vollgestopft. Nichts Spannendes, lediglich ein paar Nahrungsergänzungsmittel, die Frauke Blöcher vermutlich testete. Über dem Wasserbett hängen zwei Schwarzweißbilder, die ein leicht demoliertes Klavier und ein Notenblatt zeigen. Im Flur finden sich ähnliche Fotos. Schönes Motiv, denke ich. Passt ins Zimmer. Überhaupt ist die Wohnung sehr geschmackvoll eingerichtet. Schade, dass wir hier mit Fingerabdruckpulver und unserem Gewühle vieles durcheinanderbringen werden. Das ist der einzige Trost: Das Opfer wird das nicht mehr stören. Ich widme mich den Nachttischen, finde aber nichts Auffälliges außer Weihnachtskarten und Notizen, die ich mir später genauer ansehen werde. Ich öffne einen Beweisbeutel und fülle ihn mit dem Inhalt der Schubladen. Zurück im Wohnzimmer hole ich den Kalender von der Wand und blättere in den Dezember. Auch hier ist vermerkt, welches Video Frauke Blöcher wann online stellen wollte. Aber der Rübenkeller am Stünzel wird nirgends erwähnt. »Sie war nur mit dem Hund dort, das hatte mit den sozialen Medien nichts zu tun«, murmele ich, während ich den Kalender zurück an die Wand hänge. Dann greife ich nach dem Laptop. »Murat wird sich freuen«, höre ich Ingrid hinter mir sagen.

»Das wird er. Wenn du hier nichts mehr findest, ist der Computer unsere einzige Chance auf Hinweise zum Täter.«

»Davon gehe ich leider aus. Aber wir sollten unsere Zeugin von gegenüber nicht vergessen.«

Ich grinse, auch wenn meine Lust, mich mit der alten Dame zu unterhalten, sich in Grenzen hält. »Ich kann mir nichts Schöneres vorstellen.«

Alex, Murat, Ingrid und ich treffen uns auf dem Revier. Wir tragen zusammen, was wir bisher wissen.

»Auf den ersten Blick gab es in der Wohnung der Toten nichts Auffälliges«, beginne ich, nachdem ich einen großen Schluck Kaffee genommen habe. »Ich habe einige der Notizen und Karten aus ihrem Nachttisch mitgenommen, die ich mir näher ansehen werde. Aber wir sind uns nicht sicher, ob bei Frauke Blöcher eingebrochen wurde. Dafür waren zu viele Wertgegenstände da.«

»Auch die Befragung der Nachbarn hat uns diesbezüglich nicht weitergebracht«, ergänzt Ingrid. Nach der Wohnungsbesichtigung haben wir bei der alten Dame gegenüber geklingelt. Die gab sich überrascht, dass wir wussten, dass sie zu Hause ist. Die Frage, ob sie in letzter Zeit irgendetwas Merkwürdiges oder jemand Verdächtigen gesehen hat, verneinte sie.

»Einen Einbrecher hätte sie bestimmt bemerkt«, sage ich.

»Ich werde mir die Wohnung mit einem Kollegen detaillierter ansehen. Aber wir sollten uns keine allzu großen Hoffnungen machen, dort etwas zu finden, das uns weiterbringt. Die Ergebnisse aus dem Labor sind leider genauso demotivierend«, erklärt Ingrid. »Keine Fasern oder andere DNS auf der Kleidung der Toten. Auch am Tatort gab es keine weiteren Spuren.« Wir blicken auf die Fotos, die am Sonntag vom Opfer und der Umgebung gemacht wurden. Moos ist entlang des Rübenkellers hochgewachsen, die mit Fachwerk versehene Tür weit geöffnet. Davor liegt Frauke Blöcher. Der dunkle Stoff ihrer Jacke ist eingerissen, der feuchte Blutfleck breitet sich über den gesamten Bauch aus.

»Vielleicht wollte der Täter das Opfer im Rübenkeller verstecken und wurde gestört«, mutmaßt Alex. Dann fasst er unseren Besuch beim Gerichtsmediziner zusammen. Er zeigt Nahaufnahmen von der Wunde auf der Leinwand.

»Wiebke Schneider verhält sich nicht verdächtig.« Ich berichte von unserem Besuch bei ihr. »Als ich sie am Sonntag zum ersten Mal getroffen habe, wirkte sie bei weitem nicht so aufgelöst wie gestern Abend. Das mag am Schock gelegen haben. Sie behauptet, Frauke Blöcher nicht zu kennen, und fühlt sich schuldig, dass sie am Tatort keine erste Hilfe leisten konnte.«

»Ich bin auf Frauke Blöchers Online-Profil weitergekommen«, ergreift Murat das Wort. Auf der Leinwand sind zahlreiche Nachrichten zu sehen, die auf einer der Plattformen an das Opfer verschickt wurden. Viele sprechen ihr Lob aus und bedanken sich für ihre Videos. Manche geben ihr Tipps für Drehorte und schicken ihr Handyvideos, in denen sie Blöchers Choreographien begeistert nachtanzen. Aber überwiegend kommen die Nachrichten von Männern. Viele bestehen lediglich aus »Hi« oder »Hello, Frauke.«

»Wie gesagt, sie hat keinerlei Filter gesetzt und jeder konnte mit ihr Kontakt aufnehmen. Gelöscht hat sie nichts.« Murat scrollt weiter, bis er findet, was er sucht. »Von dem Typen hier hat sie einige Nachrichten bekommen.« Er ruft das Profil eines Mannes auf, der deutlich älter zu sein scheint als das Opfer. Auf seinem Profilbild grinst er breit in die Kamera. Man erkennt den Ansatz eines nackten Oberkörpers. Die Augen sind von einer Sonnenbrille verdeckt, die langen dunklen Haare zu einem Pferdeschwanz gebunden. »Das Konto ist privat, mehr Fotos sieht man leider nicht«, sagt Murat. Nur der Profilname ist zu lesen.

»Macho-Micky?« Ich pruste meinen Schluck Kaffee zurück in die Tasse. »Bitte sag mir, dass das ein Scherz ist.«

Murat grinst mich an. »Leider nicht. Aber wenn du gleich die Nachrichten siehst, wird dir das Lachen vergehen, fürchte ich.«

Er klickt wieder zurück in den Nachrichtenbereich und ruft eine Nachricht von vor vier Wochen auf. »Hallo, schöne Frau.«, steht dort. »Sicher hast du Lust, mir deine Region persönlich zu zeigen. Ich liebe deine Videos.«

»Wenigstens hat er sich ihr Profil mal angeguckt und schreibt nicht nur ›Hi‹ wie die anderen«, murmele ich, während Murat die nächste Nachricht aufruft, die Frauke Blöcher ein paar Tage später erhalten hat. »Du scheinst beschäftigt zu sein. Das neue Video ist genial! Ich würde diese Aussichtsplattform gern mit dir zusammen besichtigen. Melde dich bei mir. Gruß, Micky.«

»Eine Woche später war der Ton dann nicht mehr so nett.« Murat ruft die dritte Nachricht auf: »Bist du dir zu fein, mir zurückzuschreiben? Willst du so behandelt werden?«

»Da kann jemand nicht damit umgehen, dass er ignoriert wird«, grummelt Alex.

»Zwei Tage vor ihrem Tod dann das hier.« Murat klickt auf die letzte Nachricht: »Das wirst du bereuen, du Schlampe. Ich werde dir zeigen, was es heißt, einen Mann wie mich warten zu lassen. Wirst schon sehen, was du davon hast.«

Einen Moment lang starren wir alle schockiert auf die Nachricht.

»Es ist einfach, im Internet Mist zu verzapfen«, meint Ingrid.

»Das heißt nicht, dass es dabei geblieben ist«, entgegnet Alex. »Wer ist dieser Idiot? Bei solch einer Nachricht sollten wir keine Probleme haben, einen richterlichen Beschluss zu bekommen.«

»Haben wir schon«, bestätigt Murat. »Das Konto wurde von einem Mike Roth angelegt. Er hat mal in Puderbach gewohnt, ist mittlerweile aber in München gemeldet.«

»Im Leben wohnt der nicht in München, wenn der eine Frau aus Fischelbach dermaßen stalkt. Warum soll er sich unsere Region zeigen lassen, wenn er aus Puderbach kommt?« Ich schüttele den Kopf.

»Ich hab noch eine andere Nachricht gefunden, die interessant sein könnte«, sagt Murat und ruft sie auf: »Es ist schade, dass du dich nicht an mich erinnerst. Ich werde deinem Gedächtnis auf die Sprünge helfen müssen.« Auf dem Profilbild ist lediglich ein Fachwerkhaus zu sehen, mehr Informationen gibt es hier nicht.

»Anfrage beim Richter für dieses Profil läuft«, erklärt Murat. »Diese Nachricht ist nicht so eindeutig. Deswegen kam auch vom Anbieter der Internet-Plattform bislang keine Hilfe, sondern nur die Aussage, dass dieses Benutzerkonto nicht gegen die Richtlinien verstößt.«

»Dann konzentrieren wir uns erst mal auf den Macho«, beschließt Alex. »Hat er Familie hier? Wo könnte er wohnen, wenn er in der Gegend ist? Wir müssen ihn zur Fahndung ausschreiben, wenn wir ihn nicht finden. Das, was der da schreibt, kann man auch als Morddrohung interpretieren.«

»Wie gesagt, Mike Roth stammt aus Puderbach. Dort wohnt seine Schwester, Jana Roth.«

»Immerhin ein Anfang. Caro, Ingrid, übernehmt ihr das?«, fragt Alex. Er wirft einen Blick auf sein Handy, das den ganzen Morgen wieder nicht stillsteht.

»Klar.«

Ingrid nickt mir zu und gemeinsam setzen wir uns in Bewegung.

Auf dem Weg nach Puderbach erinnere ich mich zurück an die Zeit vor ein paar Monaten, als ich meinen Dienst hier bei der Polizei in Bad Laasphe angetreten habe. Ingrid war eine Kollegin, die mir den Start besonders schwer gemacht hat, und das, obwohl sie mit meinem Vater eng zusammenarbeitete, als er noch lebte. Anscheinend hatte sie Angst, dass ich mit meinem BKA-Hintergrund ihren Ruf als Forensikerin infrage stellen würde. Mit Ende 50 hatte sie zudem Bedenken, dass Alex sie dank einer neuen jungen Kollegin wie mir früher in Rente schicken könnte. Das hatte er nie vor. Nachdem wir vor kurzem ein Teammitglied verloren haben und derzeit erfolglos nach Ersatz suchen, muss sie sich erst recht keine Sorgen mehr machen. Unabhängig davon haben wir uns in den letzten Monaten aufeinander eingestellt und wissen einander zu schätzen. So ist die Stille zwischen uns dieses Mal nicht unangenehm.

»Stellst du schon zum ersten Advent einen Weihnachtsbaum auf?«, breche ich das Schweigen.

»Nein. Ich werde dieses Jahr Weihnachten in Norddeutschland bei meiner Tochter verbringen. Ein paar Tage vorher fahre ich hin. Bis dahin arbeite ich. Da brauche ich keinen eigenen Baum.«

»Ich wusste gar nicht, dass du eine Tochter hast!« Wieder einmal bin ich erstaunt darüber, wie viel Zeit ich mit meinen

Kollegen verbringe und wie wenig ich trotzdem über sie weiß.

»Annika sollte in deinem Alter sein. Sie ist gerade 30 geworden.«

»Dann ist sie ein Jahr älter als ich.« Ich nicke.

»Sie ist wie du nach der Schule hier weggegangen. Für ihren Job konnte sie nicht hierbleiben.«

»Was macht sie beruflich?«

»Sie ist Apnoetaucherin, eine der besten weltweit. In der Tauchsaison kann sie über fünf Minuten die Luft anhalten«, erklärt Ingrid stolz. »Sie trainiert die Marinesoldaten der Bundeswehr.«

»Solch einen Job gibt es hier in der Tat nicht«, sage ich lächelnd.

»Trotzdem hoffe ich, dass sie irgendwann wieder hierherzieht. Du hast es ja auch beim BKA nicht ausgehalten und bist nach Laasphe zurückgekommen. Deine Mutter ist bestimmt froh darüber.«

»Das ist sie«, bestätige ich. Dass ich aber nicht meiner Mutter wegen zurückgezogen bin und meine Rückkehr auch nicht daran gelegen hat, dass ich es beim BKA nicht ausgehalten habe, führe ich nicht aus. »Vor einem Jahr hätte ich dich ausgelacht, wenn du mir gesagt hättest, dass ich wieder herziehen würde und nicht weiter beim BKA Karriere mache«, sage ich. »Deine Tochter freut sich sicher, wenn du sie in ein paar Wochen besuchen kommst.«

»Wir sind da!«, sagt Ingrid statt einer Antwort.

Zumindest jetzt werde ich nicht mehr über sie erfahren.

Jana Roth ist eine große Frau, deren Jeans nur durch einen Gürtel an ihrem schlanken Körper gehalten wird. Auch ihr T-Shirt sitzt zu locker. Entweder sie steht auf diesen bequemen Look oder sie hat in letzter Zeit merklich abgenommen. Ihre Haare sind genauso dunkel wie die ihres Bruders auf seinem Profilfoto. Abwartend zwirbelt sie eine Strähne zwischen ihren Fingern, während wir uns vorstellen.

»Wir sind auf der Suche nach Ihrem Bruder Mike«, komme ich zum Grund unseres Besuchs.

»Der ist nicht da«, antwortet sie.

»Wissen Sie, wo er sich aufhält?«

»Gerade ist er wahrscheinlich auf dem Arbeitsamt.«

»Hier oder in München?«

»München?« Jana Roth schnaubt. »München war die dümmste Idee, die mein Bruder jemals hatte! In Bayern ist alles so viel besser bezahlt, in Bayern gibt es so viele Unternehmen. Bayern hier, Bayern da. Dass in Bayern aber alles mehr kostet, vor allem in München, hat er nicht gesehen.« Sie wirft einen Blick nach links und rechts und atmet erleichtert aus, als keiner der Nachbarn sich sehen lässt.

»Sollen wir besser reinkommen?«, frage ich. »Wir haben noch ein, zwei Dinge, die wir vielleicht nicht hier draußen besprechen sollten.«

Zögernd öffnet sie die Tür einen Spalt breiter und lässt uns ins Haus. »Timmie, ich hab gerade Besuch! Bleib bitte oben!«, ruft sie die Treppe herauf, bevor wir uns weiter in Richtung Küche begeben. »Mein Sohn muss nicht unbedingt wissen, dass die Polizei hier ist«, erklärt sie.

»Hat Mike keinen Job mehr in München?«, greife ich unser Gespräch wieder auf.

»Nein, er hat die Probezeit nicht bestanden. Überall meckern sie über fehlendes Personal, aber die, die extra zum Arbeiten in die Großstadt ziehen, werden vor die Tür gesetzt.« Kopfschüttelnd dreht Jana Roth sich um, um Kaffeetassen und -teller aus dem Küchenschrank zu holen. »Sie trinken doch Kaffee, oder?«

Ingrid lacht auf. »Können Fische schwimmen? Durch die Venen meiner Kollegin hier fließt kein Blut, sondern Espresso.«

Jana Roth sieht grinsend über ihre Schulter. »Dann verstehen wir uns ja.« Sie stellt den Vollautomaten an, der ein Drittel der Arbeitsfläche in Beschlag nimmt. »Welche Sorte hätten Sie gern? Das Baby hier kann alles.«

»Einen Kaffee für meine Kollegin, einen Milchkaffee für mich, bitte«, bestelle ich.

Ingrid lächelt mir zu. Immerhin kenne ich mittlerweile ihre Kaffeegewohnheiten.

»Wohnt Ihr Bruder noch in München?«, frage ich, als Jana Roth sich zu uns setzt und wir unsere Tassen vor uns haben.

»Nein. Er war so begeistert von der Stadt und davon, hier wegzuziehen, dass er sich keine Gedanken darüber gemacht hat, was damit alles verbunden ist: Eine bezahlbare Wohnung finden, Leute in seinem Alter kennenlernen ...« Sie rührt nachdenklich in ihrem Kaffee. »Das hatte er sich alles leichter vorgestellt.«

»Wo wohnt Ihr Bruder jetzt?«, hake ich nach.

»Er schläft vorübergehend in unserem Gästezimmer.«

»Was macht Mike beruflich?«, fragt Ingrid.

»Irgendwas mit Computern. Ich hab nie verstanden, was genau das heißt. Aber angeblich lecken sich momentan Firmen die Finger nach Leuten wie ihm.«

»Warum wurde ihm dann gekündigt?«, will ich wissen.

»Er sagt, die Firma sei finanziell in Schieflage geraten und hat nach Sozialplan erst die Mitarbeiter gefeuert, die in der Probezeit waren. Für die wird keine Abfindung gezahlt.«

»Aber Sie glauben das nicht.«

Überrascht sieht Jana Roth von ihrem Kaffee auf. »Woher wissen Sie das?«

»Sie haben schon erwähnt, dass Ihr Bruder viele Dinge nicht bedacht hat, als er von hier wegzog. Und wenn sein Job so gefragt wäre, hätte er in München bleiben und sich dort eine neue Stelle suchen können. Stattdessen ist er wieder hier und auf dem Arbeitsamt, denken Sie.«

Jana Roth schluckt. »Mein Bruder ist manchmal zu sehr von sich selbst überzeugt«, räumt sie ein. »Ich könnte mir vorstellen, dass er sich seinem Chef gegenüber im Ton vergriffen hat und deswegen seinen Job verlo -«

In diesem Moment hören wir einen Schlüssel in der Haustür. Ihre Augen weiten sich. »Ich habe so was nie gesagt, okay?« Panisch sieht sie uns an.

Ingrid und ich werfen einander einen Blick zu. Mike Roth ist also ein Mann, der von sich eingenommen und beruflich auf die Nase gefallen ist. Und vor dem seine Schwester Angst zu haben scheint.

In diesem Moment betritt er die Küche. Als er uns sieht, wird sein Gang aufrechter und das selbstbewusste Grinsen, das wir schon von seinem Foto im Internet kennen, wandert auf sein Gesicht. »Hätte ich gewusst, dass hier zwei so hübsche Damen auf mich warten, hätte ich mich rausgeputzt«, begrüßt er uns. Er lächelt kurz in Richtung seiner Schwester, bevor sein Blick sich auf meinen Busen heftet.

»Hallo, Macho-Micky«, gebe ich zurück. »Sie sind doch Macho-

Micky, oder?«

»Kommt drauf an, wer das wissen will«, antwortet er, ohne seinen Blick von meinen Brüsten zu nehmen. Mein Herzschlag beschleunigt sich und ich zwinge mich, ruhig weiter zu atmen, aber ich stehe auf, damit ich nicht mehr zu Mike Roth aufschauen muss als nötig.

»Wir sind von der Polizei«, antwortet Ingrid und lenkt Roths Aufmerksamkeit auf sich. »Kennen Sie Frauke Blöcher?«

»Nein, wer ist das?«

»Das ist die Frau von ›Fit mit Frauke‹, dank der ich so toll abgenommen habe!«, jubelt Jana Roth. »Zehn Kilo! Timmie mag nicht alle Rezepte, die ich nachkoche, aber das wird schon. Dank Frauke bewege ich mich jetzt regelmäßig. Ich warte sehnsüchtig auf ein neues Video oder Ernährungstipps, wie ich die Feiertage ohne Probleme überstehe.« Sie lacht.

Das erklärt die zu locker sitzende Kleidung, denke ich mir, bevor ich mich wieder auf Mike Roth konzentriere.

»Sehe ich so aus, als würde ich die Videos von irgendeiner Fitnessbarbie nachtanzen?«, fragt der und bricht in Gelächter aus.

»Nötig hättest du es mal«, gibt seine Schwester zurück und zeigt auf den kleinen Bauch, der sich über seiner Jeans wölbt. »In München gab es das ein oder andere Weißbier zu viel.«

»Angeschaut haben Sie sich die Videos ja zumindest«, lenke ich seine Aufmerksamkeit wieder auf mich. »Und Frauke angeschrieben. Sie sind ziemlich sauer geworden, als sie auf Ihre Nachrichten nicht reagiert hat.«

»Was gehen Sie meine Nachrichten an?«, antwortet Roth mit gleichbleibender Stimme, aber das Zahnpastalächeln ist jetzt nicht mehr so strahlend.

»Frauke Blöcher ist ermordet worden, kurz nachdem Sie ihr diese Nachricht geschrieben haben: ›Das wirst du bereuen, du Schlampe. Ich werde dir zeigen, was es heißt, einen Mann wie mich warten zu lassen. Wirst schon sehen, was du davon hast.‹ Das haben Sie doch geschrieben, oder?«

»Frauke ist tot?« Jana Roth wird blass. »Mike?«, fragt sie mit kaum hörbarer Stimme. »Hast du ihr das geschrieben?«

»Aber ich habe sie nicht umgebracht.« Mike Roth sieht mir zum ersten Mal in die Augen.

»Sie sind durch Ihre Schwester auf Frauke Blöchers Online-Konto gestoßen, richtig?«

»Ja, aber ich ...« Er weicht einen Schritt zurück.

»Sie haben Ihren Job verloren und dachten, Sie holen sich von einem aufstrebenden Internet-Sternchen ein wenig Anerkennung. War es zu viel für Ihr Ego, dass sie Sie ignorierte?« Ich gehe einen Schritt auf ihn zu.

»Ich wollte doch nur ...« Ohne ein weiteres Wort dreht Roth sich um, doch bevor er losrennt, stellt Ingrid ihm ein Bein, sodass er sich an der Arbeitsplatte abstützen muss. Dort stehe ich direkt parat, um ihn in Empfang zu nehmen.

»Dass immer einer von denen versucht, wegzurennen«, seufze ich, während ich ihm Handschellen anlege und Ingrid zwei Kollegen anfunkt, die Roth aufs Revier bringen sollen.

»Da hat wieder jemand zu viele Fernsehkrimis gesehen.«

„Und in denen funktioniert es doch auch nicht", stimmt Ingrid mir zu. „Meistens jedenfalls."

»Macho-Micky ist das Lachen vergangen«, stelle ich zufrieden fest, während ich durch die einseitige Scheibe Mike Roth im Vernehmungsraum beobachte. Nervös knetet er die Hände und zupft am Kragen seines T-Shirts herum, der sich vom Schweiß allmählich dunkel verfärbt. Er hat sofort nach einem Anwalt verlangt, auf den wir jetzt warten.

»Ich sollte reingehen. Du bist zu aufgestachelt.« Alex steht neben mir und berührt mich am Arm.

»Der Typ hat seinem Profilnamen alle Ehre gemacht und sich nur mit meinem Busen unterhalten, bis er begriffen hat, dass das hier ernst ist. Ich bin froh, dass du das nicht gesehen hast, sonst wärst du jetzt da drin bei ihm, und zwar nicht, um ihn nett zu befragen.« Ich reiße mich los von Roths Anblick und wende mich Alex zu. »Ich schaffe das«, beruhige ich ihn.

»Du verkündest nachher in der Pressekonferenz, dass wir einen Verdächtigen vernehmen, und musst nicht um sinnlose Zeugenaussagen bitten.«

»Die erste Presseerklärung ist schon raus. Bis jetzt haben

sich keine Zeugen gemeldet. Aber das kann sich jede Sekunde ändern. Die Anrufe sind gerade auf Ingrid umgestellt.«

In diesem Moment kommt uns Roths Anwältin entgegen. »Dagmar Köhler«, stellt sie sich vor. »Ich würde mich gern kurz mit meinem Mandanten beraten.«

Wir nicken und verziehen uns in die Küche, um den beiden ihre Privatsphäre zu lassen.

»Dein wievielter Kaffee ist das?«, fragt Alex amüsiert, als ich mir direkt eine Tasse einschenke.

»Erst der dritte, glaube ich, alles im grünen Bereich. Gönn dir auch einen, du siehst müde aus.«

Wortlos hält er mir seine Tasse hin. »Heute Abend kochen wir, okay? Ich will nicht zum Bäcker oder Chinesen, und Lust auf Döner hab ich nicht schon wieder.«

»Schauen wir mal«, gebe ich zurück. »Hängt davon ab, ob Roth unser Täter ist, oder Ingrid gleich unter Zeugenanrufen zusammenbricht.«

»Herr Fischer?« Dagmar Köhler klopft leise an den Türrahmen. »Wir wären soweit.«

Alex nickt. »Wollen Sie oder Ihr Mandant einen Kaffee?«, fragt er und deutet auf die Kanne, die gerade wieder vollläuft.

»Gern.«

Er stellt seinen Kaffee zur Seite und belädt ein Tablett mit Tassen, Löffeln, Milch und Zucker, während ich eine Thermoskanne auffülle.

»Dann mal los«, sage ich leise, und folge Dagmar Köhler ins Vernehmungszimmer.

Mike Roths Anblick lässt kalte Wut in mir aufkeimen. Ich gebe mir Mühe, das Tablett leise abzustellen, kann aber den Impuls nicht unterdrücken, eine Ponysträhne über das Muttermal auf meiner Stirn zu ziehen. Ich werfe einen Blick zum einseitigen Spiegel und nicke beruhigend, um Alex dahinter zu signalisieren, dass alles okay ist.

Während Dagmar Köhler und Roth sich am Kaffee bedienen, bringe ich den Beamer in Gang und öffne sein Online-Profil. »Herr Roth, das sind Sie, richtig? Macho-Micky.«

Roths Mundwinkel heben sich leicht. »Ja, das bin ich.«

Ich rufe die Nachrichten auf, die Macho-Micky an »Fit mit Frauke« geschickt hat. »Und diese vier Nachrichten haben Sie an Frauke Blöcher gesendet, korrekt?«

Er nickt.

»Ich höre nichts.«

»Ja, das habe ich«, sagt er leise.

»Lesen Sie mir die letzte Nachricht bitte einmal vor?«

»Das können Sie selbst.«

»Bitte. Gönnen Sie mir den Spaß.«

»Wir sind alle drei erwachsen und können selbst lesen«, meint Dagmar Köhler und nickt Roth aufmunternd zu.

»Dann erklären Sie mir wenigstens diesen Teil der Nachricht: ›Du wirst schon sehen, was du davon hast. Das wirst du bereuen‹. Was meinten Sie damit?«

Roth rutscht auf dem Stuhl hin und her. Unter seinen Armen sind jetzt deutliche Schweißflecken zu erkennen. »Das war nicht so gemeint«, nuschelt er.

»Wie war es denn gemeint?«

Er schluckt. »Es tut mir leid.«

Ich lehne mich zurück und warte.

»Ich habe die Videos bei meiner Schwester gesehen. Sie ist total besessen von ›Fit mit Frauke‹. Sie haben ja gesehen, wie dünn sie geworden ist. Bei ihr gibt es nur noch den kalorienarmen Mist, den Frauke auf ihrer Internetseite bewirbt.«

»Und Ihre Schwester darf nicht selbst entscheiden, was sie kocht?«

»Sie legen meinem Mandanten die Worte in den Mund«,

beschwert Dagmar Köhler sich.

Ich hebe die Hände und lehne mich zurück. »Okay, bitte, Herr Roth, erzählen Sie mir, was diese Nachrichten an Frauke Blöcher sollten. Haben Sie sie deswegen eine Schlampe genannt, weil Ihre Schwester zu dünn geworden ist?«

Roth wischt sich den Schweiß von der Stirn. »Sie hatten mit Ihrer Vermutung recht«, gibt er leise zu. »Bei mir läuft es zurzeit nicht so rund. Ich hatte mit meiner großen Klappe Schwierigkeiten, hier in der Gegend einen Job zu finden. Hat sich irgendwann rumgesprochen, dass ich nicht der einfachste Mitarbeiter bin. Also dachte ich, ich wage einen Neuanfang. Aber München ist teuer, und auch da kann man sich nicht alles erlauben, wenn man neu in der Firma ist.«

Sein Blick wandert über die Tischplatte und sucht meinen. »Wie gesagt, ich hab die Videos der Kleinen bei meiner Schwester gesehen. Ich dachte, ich schreib sie mal an. Dachte, vielleicht braucht sie ja Hilfe beim Schneiden der Videos oder so. Vielleicht hat sie einen Job für mich, wenn sie berühmter wird.« Er zuckt mit den Schultern. »Und süß war sie auch. Ich fand es arrogant von ihr, dass sie nicht geantwortet hat. Sie hätte ja einfach schreiben können, dass sie kein Interesse hat. Aber sie hat gar nichts gesagt. So was macht man doch nicht.«

»Meine Mutter sagt immer: Keine Antwort ist auch eine Antwort. Zumal Sie in Ihren Nachrichten nicht nach einem Job fragen.«

»Okay, okay, ich war sauer. Und ja, dann sage ich Sachen, die ich nicht so meine. Und schreibe sie offensichtlich. Aber ich habe diese Frau noch nie gesehen, ich kann sie nicht umgebracht haben!«

»Reden wir doch mal von Datum und Uhrzeit, die Sie interessieren«, meldet sich Dagmar Köhler zu Wort.

»Wo waren Sie am Sonntagnachmittag?«, frage ich.

Mike Roths Gesichtszüge hellen sich auf. »Sagen Sie das doch gleich!«

Triumphierend schwebt Mike Roth an uns vorbei in Richtung Ausgang. Das Zahnpastalächeln ist zurück. »Auf Wiedersehen, Frau Kommissarin«, säuselt er mir ins Ohr.

»Sie brauchen Deo und ein neues T-Shirt«, kontere ich und wende mich ab.

Alex streicht mir sanft über den Rücken, obwohl er genauso die Zähne zusammenbeißt wie ich. »Komm, bringen wir die anderen auf den neusten Stand.«

Im Besprechungsraum warten Murat und Ingrid schon auf uns.

»Drei Zeugenaussagen, denen ich nachgehen muss«, beginnt sie.

»Keine neuen Nachrichten in den sozialen Medien, aber ich bin noch lange nicht mit allem durch, was sich sonst auf Frauke Blöchers Handy befindet«, fügt Murat hinzu.

»Wir mussten Mike Roth gehen lassen«, erkläre ich und plumpse auf den nächstbesten Stuhl. »Der Typ ist ein Idiot und ein frauenfeindliches Arschloch, aber ein Mörder ist er nicht. Für Sonntag hat er ein wasserdichtes Alibi. Er hatte die Begehung mit Schlüsselübergabe in seiner Wohnung in München. Wir haben seinen Vermieter angerufen, der hat es bestätigt. Zudem hat Roth Fotos vom Zählerstand und einigen kaputten Fliesen auf seinem Handy, die er am Sonntag gemacht hat.« Ich schneide eine Grimasse. »Schade, dass Frauke Blöcher ihn nicht mehr wegen Beleidigung oder Belästigung anzeigen kann.«

»Welche Hinweise hast du bekommen?«, wendet Alex sich an Ingrid, doch bevor sie antwortet, klingelt das Telefon.

»Hallo!«, sagt sie überrascht. Ihre Augen weiten sich, während am anderen Ende jemand in den Hörer schreit. »Beruhigen Sie sich, wir kommen sofort.« Schnell legt sie auf, »Das war die alte Dame, die gegenüber von Frauke Blöcher wohnt. Harald Blöcher und Daniel Althaus stehen vor ihrer Wohnung und brüllen die gesamte Nachbarschaft zusammen.«

»Dann mal los!«

Alex und ich stürmen aus dem Zimmer, wo Ingrids Telefon schon wieder klingelt und Murat weiter an Frauke Blöchers Handy tüftelt.

Schon bevor wir in die Alte Eisenstraße in Fischelbach einbiegen, hören wir die beiden Männer. Wie am Sonntag schaut auch jetzt die alte Dame neugierig aus dem dieses Mal geöffneten Fenster, doch heute ist sie damit nicht allein. Mehrere Nachbarn tun es ihr entweder gleich oder haben sich direkt um Harald Blöcher und Daniel Althaus versammelt. Ein paar von ihnen reden beschwichtigend auf sie ein, werden aber ignoriert. Mitten in dem Chaos sitzt Balu, Frauke Blöchers Golden Retriever. Fragend sieht er vom einen zum anderen, gibt aber keinen Laut von sich. Alex und ich zücken unsere Ausweise und bahnen uns den Weg durch die kleine Menschenmenge.

»Herr Althaus, Herr Blöcher, was ist hier los?«, frage ich ruhig, doch die beiden würdigen mich keines Blickes.

»Stopp!«, brüllt Alex schließlich. Von einer auf die andere Sekunde herrscht Stille. Nur Balu winselt einmal überrascht. »Gehen Sie zurück nach Hause, wir kümmern uns«, weist Alex die umstehenden Nachbarn an. Nur langsam und teilweise murrend setzen die sich in Bewegung.

»Was ist hier los?«, fragt er wieder, als selbst die Dame von gegenüber ihr Fenster geschlossen hat und wir unter uns sind.

»Du hast hier nichts zu suchen!« Harald Blöcher fuchtelt

mit seiner Hand vor Daniel Althaus' Nase herum. »Das ist die Wohnung unserer Tochter. Dass du überhaupt noch einen Schlüssel hast! Wusste sie das?«

»Ich bin hier, um ein paar Sachen für Balu zu holen«, antwortet Althaus. »Allein seinetwegen hatte ich einen Schlüssel.«

»Das glaube ich nicht. Ich weiß, dass sie dir immer eine Tasche mit allem für den Hund gepackt hat. Balu war der einzige Grund, warum sie überhaupt noch Kontakt zu dir hatte. Sie wollte dich nicht mehr sehen, geschweige denn, dass du ihre Wohnung betrittst!«

»Das ist auch meine Wohnung!«

»Junge, ihr wart getrennt! Wann begreifst du das endlich?«

»Sie brauchte doch nur mal ein wenig Abstand, aber sie hat mich geliebt!«

Wieder werden die Stimmen lauter und die Fäuste gehoben.

»Herr Althaus, Herr Blöcher, gehen wir kurz rein und reden dort in Ruhe weiter«, meldet Alex sich zu Wort.

Überrascht sehen die Männer ihn an, als hätten sie vergessen, dass wir da sind. Nach einem kurzen Moment nicken sie

einander zu, dann geht Althaus voran, um die Haustür auf-
zuschließen.

In Frauke Blöchers Wohnung deponiert Daniel Althaus
unter unserer Aufsicht diverse Decken, Näpfe, Hundefutter
und -leinen auf einem Hundebett. Dann lassen wir uns am
kleinen Esstisch nieder, Althaus und Blöcher setzen sich so
weit wie möglich voneinander entfernt. Balu setzt sich zwischen die Männer auf den Boden, die großen Augen weiterhin abwechselnd auf sie beide gerichtet.

»Fangen wir von vorne an«, bitte ich.

»Ich bin hier, um Balus Zeug zu holen«, wiederholt Althaus und deutet auf den Berg an Hundeequipment. »Ich hab
ihn gestern vom Hof Birkefehl abgeholt und letzte Nacht auf
der Couch schlafen lassen. Die Wolldecke dort ist aber nicht
für ihn, und aus einem Suppenteller soll er nicht auf Dauer
fressen. Also hab ich alles für ihn zusammengesucht.« Er
sieht sich um. »Und ich wollte mal schauen, ob es noch was
anderes gibt, das ich mitnehmen muss.«

»Das sind alles Fraukes Sachen«, entgegnet Blöcher. »Du
hast in der Wohnung meiner Tochter nichts mehr verloren,
hier gehört dir nichts. Balu sollte jetzt bei uns wohnen. Als
wir ihn abholen wollten, warst du uns schon zuvorgekom-

men, genau das hatte ich befürchtet!«

»Frauke und ich sind ein Paar. Balu gehört zu mir. Und ich habe jedes Recht, mir hier einen Überblick über die Sachen meiner Freundin zu verschaffen.«

»Was den Hund angeht, hat Herr Althaus vermutlich recht«, sage ich mit ruhiger Stimme zu Herrn Blöcher. »Er und Frauke haben Balu während ihrer Beziehung angeschafft und sich gemeinsam um den Hund gekümmert. Da ist es normal, dass Herr Althaus die Verantwortung für ihn nicht völlig abgibt.«

Blöcher sieht mich fassungslos an, sein Mund öffnet und schließt sich lautlos.

»Warum handhaben Sie es nicht so wie vorher mit Frauke?«, wende ich mich an Daniel Althaus. »Eine Woche nehmen Sie den Hund, eine Woche Herr und Frau Blöcher? Das wäre in Fraukes Sinne.«

Althaus überlegt. »Darüber könnte man nachdenken«, sagt er.

»Sie doch bestimmt auch, Herr Blöcher? Balu ist ein großer Hund, der viel Bewegung braucht. Da könnte Herr Althaus Ihnen einiges an Arbeit abnehmen.«

Blöcher nickt, obwohl er so aussieht, als bereite ihm dieses

Zugeständnis körperliche Schmerzen. »Diese Woche ist unsere«, entscheidet er dann. »Meiner Frau tut es bestimmt gut, wenn ich Balu gleich mit nach Hause bringe.«

»Eigentlich hätte Frauke mir Balu gestern mit zur Arbeit gebracht«, wirft Althaus ein.

»Bitte«, murmelt Blöcher. »Er wird dafür sorgen, dass Sylvia zwischendurch mal nicht an die Beerdigung denken muss.«

Althaus zögert kurz, doch dann nickt er. »Okay. Ich sehe dich dann nächsten Montag, mein Junge.« Er bückt sich, um Balu hinter den Ohren zu kraulen.

»Die Schlüssel geben Sie in der Zwischenzeit beide uns«, entscheidet Alex. »Wir suchen nach wie vor nach Spuren in Fraukes Wohnung. Sie haben Glück, dass das hier kein Tatort ist und die Wohnung nicht versiegelt war, sonst hätten Sie jetzt ein Problem. Doch dass Sie hier gerade trotzdem nicht ein- und ausgehen dürfen, müsste Ihnen eigentlich klar sein.« Die beiden Männer sehen vor sich auf den Boden wie gemaßregelte Kinder und murmeln eine Entschuldigung.

Harald Blöcher ist der Erste, der zu seinem Schlüsselbund greift und den Schlüssel ablöst. Daniel Althaus tut es ihm gleich.

»Sie bekommen die Schlüssel zurück, wenn unsere Ermittlungen abgeschlossen sind«, fügt Alex versöhnlicher hinzu. »Jetzt wünschen wir Ihnen einen schönen Abend und möchten Sie bitten, zu gehen.«

Althaus und Blöcher entschuldigen sich noch einmal, dann machen sie sich, gefolgt von Balu, auf den Weg nach draußen.

»Gute Lösung, die du für Balu vorgeschlagen hast.« Alex nickt anerkennend.

»Dass sie die Wohnung nicht betreten sollen, haben wir vorher mit keinem Ton erwähnt«, sage ich überrascht. »Eigentlich hättest du gar nicht so ruppig sein dürfen.«

»Aber dass in einem Mordfall nicht jeder in der Wohnung des Opfers ein- und ausgehen sollte, ist klar, zumal Ingrid tatsächlich nach Spuren sucht. Und sieh dir an, wie freundlich sie jetzt miteinander umgehen«, antwortet Alex grinsend. »Schuldgefühle verbinden.« Vom Fenster aus sehen wir, wie die beiden Männer gemeinschaftlich Balus Sachen in Harald Blöchers Kofferraum packen und sich dann mit wenigen Worten voneinander verabschieden.

»Bei Daniel Althaus habe ich nach wie vor ein mieses Gefühl«, murmele ich. »Er kommt mit der Trennung von Frauke

Blöcher nicht klar und hatte sogar einen Schlüssel zur Wohnung, obwohl sie nicht mehr zusammen waren.«

»Damit ist wenigstens geklärt, dass nicht er versucht hat, hier einzubrechen«, meint Alex.

»Aber Althaus war nicht nur der Hundesachen wegen hier, das hat er selbst gesagt«, gebe ich zu bedenken. »Ich frage mich, was er sonst wollte.«

1 4

Mittwoch

Alex und ich haben Frauke Blöchers Wohnung gestern erneut unter die Lupe genommen. Wie zuvor Ingrid und ihre Kollegen haben wir aber nichts von Interesse gefunden. Die Unterlagen, die ich aus der Schublade des Opfers mitgenommen hatte, haben uns nicht weitergebracht. Obwohl wir erst nach einem langen Tag zu Hause ankamen und es bequemer gewesen wäre, wieder etwas zu Essen von unterwegs mitzunehmen, kochten wir im Anschluss ein paar Nudeln mit Tomaten-Gemüsesoße. Der Parmesankäse durfte nicht fehlen. Viel Parmesan. Heute Morgen hat der Wecker etwas eher geklingelt. So kann ich eine Runde laufen und die Kalorien wieder loswerden, bevor unser Dienst beginnt. Weihnachten steht vor der Tür, da achte ich wenigstens in den Wochen vorher auf meine Ernährung.

Um diese Zeit ist es stockduster. Mein Atem pustet kleine Wölkchen in die Luft. Die Berge sind verdeckt von Nebel. Keine Chance, die Windräder in Hesselbach von hier aus zu sehen. Ich bin froh, dass ich eine Windjacke mit Reflektoren trage. So bin ich in der Dunkelheit gut zu erkennen. Heute schlage ich mich in den Wald und laufe zur Neuntel hinauf. Der steile Anstieg sorgt dafür, dass mir schnell warm wird. Als ich an einer Abzweigung vorbeilaufe, lächle ich. Vor ein paar Wochen bin ich diese Strecke schon einmal gelaufen und hier abgebogen, nur um ein paar hundert Meter weiter festzustellen, dass dieser Pfad von einem Harvester verursacht worden war und es plötzlich nicht mehr weiterging. Der Weg, den ich anschließend wählte, war von umgekippten Bäumen versperrt. Am Ende war ich so verzweifelt, dass ich keinen Rundkurs lief, sondern kehrtmachte und so zurücklief, wie ich gekommen war.

Als ich meiner Mutter von diesem Erlebnis erzählte, brach die in schallendes Gelächter aus.

»Ich dachte, du machst dir Sorgen, wenn ich sage, dass ich mich verlaufen habe!«, beschwerte ich mich.

»Offensichtlich hast du ja wieder nach Hause gefunden«, entgegnete sie unbeirrt.

»Danke, Mama.« Schmunzelnd ignoriere ich den Weg und laufe weiter geradeaus. Die umgekippten Bäume sind mittlerweile weggeschafft worden, sodass ich es heute ohne

Probleme zur Neuntel schaffe.

Es tut nach wie vor weh, zu sehen, was der Borkenkäfer mit unseren Wäldern angestellt hat. Auch wenn jemand, der mit Harvestern sein Geld verdient, mir vor kurzem versicherte, dass diese Plage keine langfristigen Folgen für die Wittgensteiner Wälder haben dürfte und man sich ja nur anschauen müsse, wie sehr sich die Natur nach dem Sturm Kyrill erholt hat, gibt es immer noch genug Stellen, die nicht besonders schön anzusehen sind – oder die einfach dafür sorgen, dass man sich verirrt.

Zu Hause wartet Alex schon mit frischem Kaffee auf mich. »Was für ein Empfang!« Ich beschließe, erst später duschen zu gehen, und lasse mich am Küchentisch nieder.

Alex bleibt an der Kaffeemaschine stehen. »Wir werden Althaus überwachen«, sagt er, während sein Kaffee in die Tasse läuft.

Überrascht sehe ich auf. Alex und ich versuchen, zu Hause so wenig wie möglich über die Arbeit zu sprechen. Das ist nicht immer leicht, aber ohne diese räumliche Trennung hätten wir Schwierigkeiten, überhaupt andere Gesprächsthemen zu finden. Außerdem ermöglicht es uns, in unserer Freizeit ein normales Paar zu sein. Dass Alex das Thema jetzt schon anspricht, obwohl wir gleich aufs Präsidium fahren, bedeutet, dass es ihn wirklich beschäftigt.

»Ich hoffe, wir bekommen einen richterlichen Beschluss«, fährt er fort.

»Das könnte schwierig werden«, stimme ich ihm zu. »Althaus hat sich mit seinem Schwiegervater in spe um den Hund gestritten und wir haben bei der Schlichtung geholfen. Wenn er sich nicht weiter auffällig verhält, fehlt uns eine Begründung.«

»Er wollte gestern in Frauke Blöchers Wohnung irgendwas mitgehen lassen. Oder etwas dort deponieren.«

»Dann bekommen wir wahrscheinlich das Okay, die Wohnung überwachen zu lassen, aber nicht ihn.«

Alex setzt sich mit seinem Kaffee zu mir. »Ich werde es zumindest versuchen.« Einen Moment lang rührt er schweigend in seiner Tasse. Der Löffel macht ein furchtbares kratzendes Geräusch auf dem Tassenboden.

»Alex? Was ist los?«

»Wärst du ansonsten bereit, ihn ohne Beschluss im Auge zu behalten?«, fragt er nach einer Weile.

Jetzt wird mir klar, warum er hier schon zur Sache kommt.

»Du weißt, dass uns das in Teufels Küche bringen könnte?«

Er nickt. »Ich bin dein Vorgesetzter. Sollten wir Probleme bekommen, halte ich dir den Rücken frei. Deiner Karriere wird das nicht schaden, versprochen.«

»Es geht mir hier nicht um meine Karriere, sondern darum, dass du dich hier in nichts verrennst.«

»Aber du hast bei dem Typen doch auch ein komisches Gefühl, oder?«

»Ja, aber ...«

»Dann sind wir uns ja einig. Ich brauche die Überwachung. Nur heute, Caro. Wenn kein Beschluss kommt, lassen wir es danach gut sein und reden nicht mehr darüber.«

Staunend sehe ich meinen Freund an. Ich fühle mich, als hätten wir die Rollen getauscht. Normalerweise wäre ich diejenige, die auf eigene Faust losziehen würde, wenn mir ein Verdächtiger keine Ruhe lässt. Dass ich das auf Anweisung meines Chefs tun soll, ist merkwürdig, aber Alex hat recht: Althaus ist mir nicht geheuer. Und wenn er Frauke Blöcher ermordet hätte, wäre dies kein Einzelfall. Laut Statistik des BKA gab es 2021 mehr als 145.000 Fälle von Gewalt in Partnerschaften. An jedem dritten Tag stirbt eine Frau durch die Hand des Partners oder Expartners.

»Frauke Blöcher hätte heute Geburtstag. Sie wäre 32 geworden«, murmelt Alex.

»Ein emotionaler Tag für Althaus, und du willst ihn heute im Auge behalten, damit er nichts Dummes macht«, wird es mir klar. »Ich mache mich auf den Weg. Du kümmerst dich um den Papierkram und überlegst dir, was du Murat und Ingrid sagst.«

»Althaus ist schon auf der Arbeit, du hast Zeit, duschen zu gehen. Ich war auch laufen und bin an seiner Wohnung vorbei. Da brach er gerade auf.«

Mit fällt die Kinnlade herunter. »Wer bist du und was hast du mit Alex gemacht?«

Er steht auf und flüstert ein »Danke«, bevor er mich küsst.

Ich hätte nicht gedacht, dass mein Freund mich einmal so überrumpeln würde. Während ich unter der Dusche versuche, das zu verarbeiten, wird mir klar, dass wir Daniel Althaus nicht nur überwachen müssen, damit er nichts Dummes anstellt. Ich denke an Harald Blöcher. Da er Daniel Althaus für den Mörder hält, dient diese Überwachung auch Althaus' eigenem Schutz.

Nachdem ich mich telefonisch in der Praxis versichert habe, dass Daniel Althaus bei der Arbeit ist, habe ich mich auf den Weg gemacht. Jetzt sitze ich ein paar Meter vom Eingang entfernt in meinem blauen Golf und höre Radio Siegen, während ich an einer Käsestange vom Bäcker herumknabbere. Von hier aus habe ich den Haupt- und den Seitenausgang im Blick, vor dem die Physiotherapeuten ihre Raucherecke haben. Althaus ist heute Morgen einmal herausgekommen, um einem Kollegen Gesellschaft zu leisten. Seitdem habe ich ihn nicht mehr gesehen. Ich hatte vergessen, wie langweilig solche Personenüberwachungen in der Regel sind. »Das einzig Spannende ist, nicht erwischt zu werden«, hat mein damaliger Ausbilder beim BKA immer gesagt. Und in der Tat: Hier auf dem Land bekommt dieser Satz mehr Sinn. Vor allem, wenn man nach wie vor nicht weiß, ob die Aktion legal ist. Alex hat sich nicht gemeldet. Wenn man mich anspricht, werde ich sagen, dass ich auf eine Freundin warte, entscheide ich. Apropos Freundin: Jetzt wäre ein guter Zeitpunkt, kurz mit Sabine zu telefonieren. Zufrieden, endlich etwas zu tun zu haben, wähle ich ihre Nummer.

»Ich dachte schon, du hättest mich vergessen«, meldet sie sich nach dem zweiten Klingeln.

»Ich denke nur an dich und selbstgemachte Lebkuchen«, gebe ich lächelnd zurück. »Aber da ist immer noch diese Leiche ...«

»Verstehe. Dieses Wochenende ist erster Advent. Lass uns welche backen!«

»Das machen wir.«

»Deswegen rufst du aber nicht an.« Ich höre die Enttäuschung in ihrer Stimme.

»Nicht nur«, gebe ich zu. »Hast du mit Frauke Blöchers Eltern gesprochen? Gibt es etwas, das ich wissen müsste?«

Als Mitglied des Kriseninterventionsteams ist Sabine streng genommen keine Ärztin und unterliegt nicht der Schweigepflicht. Bei unserem letzten Fall hat ihr Wissen uns enorm geholfen. Ich verstehe aber, dass die Menschen sich bei ihr gut aufgehoben fühlen müssen und sie deswegen Gespräche, soweit möglich, vertraulich behandelt. Darum bin ich nicht überrascht, als sie mit einem knappen »Nein« antwortet.

»Harald Blöcher und Daniel Althaus haben sich gestern um den Hund gestritten«, erkläre ich. »Ich weiß, dass Blöcher glaubt, Althaus habe seine Tochter umgebracht.«

»Glaubt ihr das auch?«

»Ich stehe ein paar Meter von der Praxis entfernt und überwache ihn«, antworte ich und ziehe meine Ponysträhne so fest ins Gesicht, dass es wehtut. »Das weißt du nicht«, füge ich zwischen zusammengebissenen Zähnen hinzu.

»Nie gehört«, bestätigt Sabine schnell.

»Wir haben Angst, dass Harald Blöcher hier auftaucht. Heute wäre seine Tochter 32 geworden.«

»Müsstet ihr dann nicht eher Blöcher überwachen?«

Ich schweige.

»Wenn du wissen willst, ob Blöcher zu Gewalt neigt: Tut er nicht. Er trauert und sucht nach einer Erklärung für den Tod seiner Tochter – und einen Schuldigen. Da ist es praktisch, dass sie sich vor Kurzem von ihrem Freund getrennt hat.«

»Hat er eine Idee, warum? Althaus sagt dazu nichts. Der hat nicht mal kapiert, dass die Beziehung vorbei war. Deswegen stehe ich unter anderem hier.«

»Anscheinend war Althaus eifersüchtig. Er hat geklammert und Frauke Blöcher die Luft zum Atmen genommen. Keine gute Voraussetzung für ihre Beziehung, da Frauke in den sozialen Medien durchstarten wollte. Diese Art von Karriere fanden ihre Eltern allerdings auch nicht toll.«

»Danke. Du hast mir weitergeholfen.«

»Melde dich wegen diesem Wochenende, okay?«

»Klar.«

Ich lehne mich zurück und schalte das Radio wieder an, während ich auf den Rückruf von Alex warte. »Schon wieder«, murmele ich, als George Michael mit »Last Christmas« aus dem Lautsprecher dringt.

»Überwachung heute geht klar«, sagt Alex statt einer Begrüßung, als er sich am Nachmittag endlich meldet.

Ich atme auf. Mir war gar nicht bewusst, wie angespannt ich war. »Ich hatte mich schon so gefreut, mal wieder was Verbotenes zu tun«, überspiele ich meine Erleichterung.

»Tja, tut mir leid. Ich hab alle Register von potentiell gewalttätig bis Gefahr im Verzug genutzt, um den Staatsanwalt gefügig zu machen. Nachdem er ein paarmal nachgefragt hat, hat er mir den heutigen Tag gewährt. Und wie du schon vermutet hast: Frauke Blöchers Wohnung darf weiter bewacht werden, auch über diesen Tag hinaus. Wo ich das Personal dafür hernehme, ist ein anderes Thema.«

»Du könntest die Dame von gegenüber einstellen. Die steht ja eh die ganze Zeit am Fenster.«

»Wäre eine Überlegung wert.« Er lacht leise. »Wie läuft's bei dir?«, will er dann wissen.

»Abgesehen davon, dass ich nicht mehr weiß, wie ich ›Last Christmas‹ wieder aus dem Kopf kriegen soll, und das, obwohl erst Sonntag der erste Advent ist?«

»Wir hätten wetten sollen, wie oft du es ertragen musst«, erwidert Alex lachend. »Was gibt es sonst?«

»Ich stehe mittlerweile vor Althaus' Wohnung. Ich weiß jetzt, dass er Nichtraucher ist und die Raucherecke vor der Praxis nur nutzt, wenn ein Kollege Pause macht, um mit ihm zu quatschen. Hoffentlich hat er mich auf dem Weg zu seiner Wohnung nicht bemerkt, ich bin ein bisschen aus der Übung. Von hier kann ich ihn im ersten Stock sehen. Er macht gerade Hanteltraining. Ob er dabei die Videos seiner Ex anschaut?«

»Oh Gott, lass diesen Psychoquatsch.«

»Hey, ich sitze hier, weil du es wolltest. Was in der Zwischenzeit in meinem Kopf passiert, hast du zu verantworten!«

»Danke nochmal, Caro. Ich bin dir was schuldig.«

»Ich wäre auch ohne deine Bitte hier gelandet«, gebe ich zu. »Was gibt es sonst Neues?«

»Die Zeugenaussagen haben uns bis jetzt nicht weitergebracht. Frauke Blöchers Leiche ist zur Beerdigung freigegeben worden. Es hatte einen üblen Beigeschmack, ihren Eltern diese Nachricht ausgerechnet am Geburtstag ihrer Tochter zu überbringen.«

»Das tut mir leid.«

»Sie war so alt wie wir. Und jemand hat ihr in die Augen gesehen, als er ihr einen Dolch in den Bauch gerammt hat.« Alex' Stimme wird leiser.

Mein Herz krampft sich zusammen. Ich würde alles dafür geben, ihn jetzt in den Arm zu nehmen. Doch in diesem Moment öffnet sich die Haustür und Daniel Althaus kommt heraus. »Zielperson unterwegs«, sage ich deshalb. »Mal schauen, wohin es ihn jetzt verschlägt. Bis später.« Ich lege auf und konzentriere mich darauf, Althaus nicht zu verlieren. Da er an seinem Auto vorbeiläuft, lasse ich meins auch stehen und folge ihm in einigem Abstand zu Fuß, in der Hoffnung, dass er nicht gleich von jemandem abgeholt wird.

Vor der Ratsschänke bleibt er kurz stehen, um eine Frau

zu umarmen. Dann gehen die beiden hinein.

Bei dem Geruch, der hier auf der anderen Straßenseite ankommt, knurrt mein Magen. Mir wird klar, dass ich seit der Käsestange heute Morgen nichts gegessen habe. »Selbst schuld«, grummle ich, während ich nach meinem Handy krame. Allein ins Restaurant zu gehen, wäre zu auffällig. Alex nimmt nicht ab. Wahrscheinlich ist er unter der Dusche. Also probiere ich mein Glück bei Sabine. »Du schon wieder«, begrüßt sie mich.

»Wie schnell kannst du in Laasphe sein? Du musst mit mir essen gehen!«

»Ich bin gerade hier. Eigentlich wollte ich mir einen Salat bei REWE holen.«

»Vergiss es, du bekommst einen in der Ratsschänke. Jetzt.«

»Überredet, da sind die Portionen ordentlich. Ich beeil mich.«

Aufatmend überquere ich die Straße. Durchs Fenster sehe ich, wie Althaus und die Frau sich setzen und die Speisekarten gebracht bekommen. Die Frau habe ich noch nie gesehen. Sie hat ihre langen blonden Haare zu einem Pferdeschwanz gebunden, der ihr locker über den schwarzen Rollkragenpullover fällt. Unter ihrem Jeansrock trägt sie Thermoleggins und Stiefeletten. Die Sachen stehen ihr. Sie wirkt älter als Althaus. Ende 40? Anfang 50? Ich stelle mich zur Treppe vor den Eingang. Dort sollten die beiden mich nicht sehen. Zwei Minuten später kommt Sabine angelaufen. Ich falle ihr um den Hals. »Dankedankedanke!«

»Du zahlst«, sagt sie grinsend und folgt mir ins Innere.

Wir entscheiden uns für einen Tisch im Nebenraum, von wo aus wir Althaus und seine Begleitung sehen, aber zumindest ich von der Wand verdeckt bin. »Wenn einer von denen aufs Klo geht, muss ich halt unter dem Tisch verschwinden«, sage ich schulterzuckend und nehme einen Schluck von meiner Fassbrause, obwohl ich nach diesem Tag mehr Lust auf ein Bier hätte. Wir beide bestellen einen großen Salat mit Hähnchenbruststreifen.

»Wir müssen über irgendetwas reden und nicht nur die Leute dort hinten anstarren!« Ich trete Sabine sanft unter dem Tisch.

»Sorry, ich hab so was noch nie gemacht. Gut sieht er aus, dein Verdächtiger.«

»Ich hab lieber weniger Muskeln und mehr Haare«, erwidere ich grinsend und muss an Alex' Bart denken. »Ist Althaus dein Typ?«, will ich wissen.

»Naja, unattraktiv ist er nicht.« Sabine zwinkert mir zu.

»Ich fürchte nur, dass er keinen Bedarf mehr hat. Er trauert seiner Ex hinterher, und jetzt kommt eine zweite Frau an seinen Tisch.«

»Das glaub ich jetzt nicht.« Ich beuge mich vor, um sicherzugehen. Die Frau, die sich an seinen Tisch setzt, ist Jana Roth.

»Wie war das mit dem Rüberstarren?« Jetzt ist es Sabine, die mich tritt. »Das ist ganz schön auffällig.«

»Was? Oh, richtig.« Ich reiße mich zusammen und bin froh, dass in diesem Augenblick unser Essen kommt.

»Lustige Runde da hinten«, sage ich zur Kellnerin, bevor die sich wieder von unserem Tisch entfernt. »Sind die öfter hier?«

»Da fehlt eine Frau. Die haben sich immer die Kleinkriminellen genannt.« Bevor ich weitere Fragen stellen kann, ist sie schon auf dem Weg zum Nebentisch.

»Du kennst die Frau, die sich zu Althaus an den Tisch gesetzt hat«, stellt Sabine fest, während sie auf ihrem Teller ein großes Stück Hähnchenbrust durchschneidet.

»Und die Frau, die laut der Kellnerin fehlt, ist mit Sicherheit Frauke Blöcher«, sage ich, bevor ich mich über meinen Salat hermache.

1 6

Du hast schon lange zusammen mit ihnen hier gesessen, das habe ich gesehen. Sie gehörten zu dir, und du zu ihnen. Aber hast du uns denn vergessen? Wie konntest du weitermachen, danach? Wie konntest du unsere gemeinsame Zeit hinter dir lassen? Einfach so?

Wir waren füreinander da, damals. Wir wussten immer, was das Beste für uns beide war. Nie haben wir unsere Entscheidungen hinterfragt. Bis zu dem Tag, an dem du entscheiden wolltest, was das Beste für mich ist. Dass ich das nicht akzeptiere, war doch klar, oder? Ich hoffe, du hast das im Nachhinein eingesehen und konntest mich ein wenig besser verstehen.

Ich weiß, das mit uns ist lange her, und doch fühlt es sich an wie gestern.

Ich habe versucht, weiterzumachen, so wie du es mir geraten hattest. »Schau nach vorn«, das waren deine Worte. Ich habe es probiert, wirklich. Lange habe ich nichts anderes getan. Aber plötzlich war alles wieder da.

Es zog an meinem inneren Auge vorbei wie ein Film. Ich wollte mir die Augen zuhalten. Ich wollte aufstehen, denn ich kenne das

Ende. »Schau nach vorn«, hörte ich deine Stimme in meinem Kopf. Und ich wollte es so sehr. Aber bevor ich das Kino verlassen konnte, drückte mich jemand zurück in den Sitz und zwang mich, den Film weiter anzuschauen. Noch eine Szene. Nur noch eine. Doch jede einzelne von ihnen tat höllisch weh und brachte Gefühle zurück an die Oberfläche, die ich jahrelang vergraben hatte.

Anschließend war mir klar, dass es nicht unmöglich sein würde, nach vorn zu schauen. Aber dass es Dinge gibt, die sich ändern mussten.

Und dazu gehörte die Art, wie ihr hier zusammengesessen habt.

Ich schließe meine Augen, denn in meinem Inneren baut sich der nächste Filmausschnitt auf. Du spielst darin die Hauptrolle. So wie immer.

Ich brach die Tür auf, um einen Blick in diese Wohnung zu werfen. Um vielleicht einen kleinen Blick in dein Leben zu erhaschen. Aber als ich diese Bilder dort hängen sah, als ich sah, wie Fotos von meinem Klavier diese Wände zierten, hatte ich nicht mehr den Eindruck, dass ich eine Tür in einem anderen Leben aufgestoßen hatte, sondern dass eine Tür in mein Leben aufgebrochen worden war. Es fühlte sich falsch an, in dieser Wohnung zu stehen, weil ein Teil von mir in dieser Wohnung war. Das hier war mein Klavier. Meine Vergangenheit. Die Bilder aus meinem Leben hatten in dieser Woh-

nung, an dieser Wand nichts verloren. In diesem Moment wurde mir klar, dass ich mich nicht damit zufriedengeben konnte, in einer fremden Wohnung zu stehen. Dass ich einen Schritt weiter gehen musste.

Die letzten Wochen waren hart für mich. Ich dachte, wenn du etwas verlierst, so wie ich etwas verloren hatte, würde es mir besser gehen, dann könnte ich wieder nach vorn schauen. Doch mittlerweile habe ich das Gefühl, das dies erst der Anfang ist.

Glaub mir, früher oder später wirst du es verstehen.

»Interessant, dass Jana Roth uns erzählt hat, sie würde Frauke Blöcher nur aus den Fitness-Videos kennen«, fasse ich meinen Besuch in der Ratsschänke abends für Alex zusammen. Als er mich zurückrief, hatten wir gerade gezahlt. Daniel Althaus und die beiden Frauen machten nicht den Eindruck, als würden sie so schnell aufbrechen wollen. Und so entschieden wir uns, die Überwachungsaktion zu beenden.

Jetzt sitzen wir auf dem Sofa vor dem Kamin, den Alex angezündet hat, und trinken eine Tasse Tee. Irgendeine Wintersorte. Bratapfel? Kaminfeuer? Ich weiß es nicht. Auf jeden Fall schmeckt er herrlich und passt perfekt, damit ich langsam im Feierabend ankomme.

»Ob sie öfter dort sind, hat die Kellnerin dir nicht beantwortet?«, hakt Alex nach.

»Sie hatte viel zu tun. Der Laden war wie immer brechend voll. Und ich bin froh, dass sie die Gruppe nicht auf mich und meine Fragen aufmerksam gemacht hat.« Ich trinke einen Schluck Tee, während ich mich unter meine Wolldecke kuschle. Trotz Kamin kann ich mir diese Jahreszeit nicht ohne Decke auf dem Sofa vorstellen. »Aber die Kellnerin wusste, dass normalerweise eine weitere Frau zu der Gruppe gehört. Das spricht dafür, dass es nicht der erste Besuch dort war. Und egal, wie oft sie sich dort treffen: Jana Roth kannte Frauke Blöcher persönlich und hat uns gegenüber nur von den Videos gesprochen«, spinne ich meine Gedanken weiter. »Das ist doch merkwürdig!«

»Sie war stolz darauf, dank ›Fit mit Frauke‹ abgenommen zu haben«, gibt Alex zu bedenken. »Klar hat sie sich in dem Moment auf die Videos bezogen.«

»Zudem waren wir wegen ihres Bruders dort«, räume ich ein. »Wahrscheinlich wäre es uns egal gewesen, wenn sie gesagt hätte, dass sie hin und wieder mit Frauke Blöcher essen ging.«

»Würde mich interessieren, was die Kellnerin mit Kleinkriminelle meinte.«

Ich lache leise. »Wahrscheinlich hat Frauke Blöcher im Restaurant ihre eigenen Ernährungspläne über Bord geworfen und Schnitzel bestellt.«

»Unerhört.« Alex lacht. »Apropos, ich hab da was vergessen!« Mit diesen Worten erhebt sich Alex und kommt kurz darauf mit einer Packung Mousse au Chocolat aus der Küche zurück.

»Was wird das denn?«

»Jetzt sind wir Kleinkriminelle. Du hast den Tag im Auto gesessen und ich im Büro, eigentlich haben wir uns so einen Nachtisch nicht verdient.« Er drückt mir einen Löffel in die Hand. »Und es ist mir egal.«

Lachend fangen wir an, unser Dessert zu essen. Damit ist entschieden, dass wir uns zumindest heute Abend nicht weiter über den Fall unterhalten werden.

Donnerstag

»Nichts Neues«, begrüßt Ingrid mich, als ich am nächsten Morgen mit Kaffee bewaffnet ins Büro komme. Sie blättert durch einen dünnen Stapel Papiere, den ein Kollege hier gestern für sie deponiert hat. Immer noch trudeln nach unserem Aufruf vereinzelt Zeugenaussagen ein, doch an Ingrids Blick sehe ich, dass die hier uns nicht weiterbringen werden. Nach kurzer Durchsicht stimme ich ihr zu. »Hier regt sich jemand über Hundegebell auf. Wo Frauke Blöchers Hund ist, wissen wir doch!«

»Neuer Papierkram«, sage ich seufzend, als Alex ins Besprechungszimmer kommt. Er hat eben seinen Chef über unsere Überwachungsaktion gestern auf den neusten Stand gebracht und sich dessen mangelnde Begeisterung darüber angehört, dass die uns nicht weitergebracht hat. Jetzt warten wir auf Murat. In diesem Moment reißt der die Tür auf und stürzt ins Zimmer.

»Guten Morgen«, murmeln wir alle.

»›Fit mit Frauke‹ war nicht Frauke Blöchers einziger Kanal in den sozialen Medien«, kommt es stattdessen zurück.

Fassungslos starren wir auf hunderte Bilder von kaputten, von Efeu zugewucherten Autos. Von mit Spinnweben verhangenen, eingeschlagenen Fenstern. Antike Schränke hängen voll mit verstaubten Kleidungsstücken, Regale sind vollgestopft mit Porzellan oder Spielzeug. Ein alter Fernseher aus den 50er-Jahren steht auf einem Tisch neben einem durchgesessenen Sofa, das einmal grün war. Betten aus dem letzten Jahrhundert sind mit verblichener Bettwäsche bezogen, Schreibtische sind kaum zu erkennen unter der Flut von Dokumenten, die teilweise in altdeutscher Schrift verfasst sind. Neben einer Treppe ist ein aufwändig verziertes schmiedeeisernes Geländer angebracht, das so heute mit Sicherheit nicht mehr verkauft wird. Auf Höhe der letzten drei Stufen fehlt ein Stück, sodass der Aufstieg nicht ungefährlich sein dürfte. In manchen Räumen ist der Boden unter Müllbergen kaum zu erkennen, in einem anderen ist ein Tisch mit Geschirr gedeckt, als könnte jederzeit jemand aus der Küche kommen und das Essen servieren – wäre da nicht die dicke Staubschicht auf den Einrichtungsgegenständen.

»Da! Das Klavier!« Ich zeige auf ein Bild eines alten Flügels, dessen Tasten sich mittlerweile rot verfärbt haben. »Eine Schwarzweißaufnahme davon hängt an der Wand über Frauke Blöchers Bett! Ich dachte, das sei Kunst«, ich male mit meinen Fingern Anführungsstriche in die Luft, »und sie hätte das Bild irgendwo gekauft.«

»Mit Kunst liegst du gar nicht so falsch«, stimmt Murat mir zu.

»Was ist das alles? Warum fotografiert jemand alte Möbel und zugemüllte Häuser?«, fragt Ingrid.

»Frauke Blöcher war eine sogenannte Urbexerin«, erklärt Murat. »Das steht für Urban Exploring, übersetzt Stadterkundung. Urbexer oder Schleicher, wie sie sich gern bezeichnen, suchen sogenannte ›Lost Places‹ auf, also verlorene Orte. Früher waren das hauptsächlich stillgelegte Bahnhöfe und Fabriken, Kanalisationen oder Parks.«

»Mittlerweile ist das ein riesiger Trend, der sich nicht nur darauf beschränkt«, fährt Alex fort. »Diese Leute dringen zum Beispiel in verlassene Wohnhäuser ein.«

»Verlassene Wohnhäuser?« Ingrid sieht uns kopfschüttelnd an.

Alex nickt. »Davon haben wir allein hier in Laasphe ein

paar, für die es nach dem Tod der Besitzer keine Angehörigen gab. Oder die haben das Erbe ausgeschlagen. Oft passiert im Anschluss nichts mit diesen Immobilien und sie verwahrlosen.« Er deutet auf die Bilder der vollständig eingerichteten Wohnungen vor uns.

»Urbexer halten ihre Erlebnisse auf Fotos fest.« Murat ruft die Großaufnahme eines gusseisernen Türknaufs auf, der mit Spinnweben überzogen ist. Davor steht ein kleines Schaukelpferd. »Ruinen-Fotografie ist mittlerweile ein ganz eigenes Genre.«

»Wo wir in der Tat beim Thema Kunst wären«, erkenne ich, während ich mich an die Bilder aus der Wohnung des Opfers zurückerinnere. Neben dem Foto mit dem Klavier hing eines von zerrissenen Notenblättern auf dem Fußboden. Aber das waren nicht die einzigen Bilder. Zumindest im Flur hingen ein paar mehr.

»Es gibt da das ehemalige Landschulheim in Erndtebrück«, wirft Ingrid ein. »Das kann man besuchen, wenn man Lust auf ein bisschen Geschichte hat.«

»Solche Orte gibt es auch«, stimmt Murat ihr zu. »Aber diese Häuser hier verkommen langsam, weil sich eben niemand um sie kümmert. Und den Verfall wollen viele Menschen miterleben. In den sozialen Medien gibt es jede Menge Urbexer. Auch wenn das im Gegensatz zu der Arbeit von Influencern nicht bezahlt wird.«

»Geht es nicht darum, diese Orte zu demolieren?«

Murat schüttelt den Kopf. »Das passiert natürlich auch. Einbrecher durchsuchen die Häuser nach Wertsachen oder Obdachlose wohnen dort eine Zeit lang.« Er zeigt auf Bilder von leeren Konservendosen und Fertigsalaten. »In der Szene werden solche Menschen abgelehnt. Urbexer wollen diese Orte erkunden und Fotos machen. Manche fassen in den Häusern nichts an und lassen den Ort so, wie sie ihn vorgefunden haben. Andere sehen das lockerer und richten alles her, um das perfekte Foto zu schießen.« Murat ruft das nächste Bild auf: Ein Schwarzweißfoto, das in einem Wohnzimmer auf einem Stuhl drapiert wurde. Darauf ist eine Familie zu sehen: Vater, Mutter, Kind. Der Mode nach zu urteilen, ist das Bild um 1920 entstanden. Um den Stuhl herum ist sämtlicher Müll weggeräumt worden, sodass das Bild ganz im Zentrum des Raums steht.

»Der Reiz des Verbotenen spielt auch eine Rolle, denn so ganz legal ist dieses Hobby nicht«, fährt Murat fort.

»Kleinkriminelle«, murmele ich.

»Daniel Althaus soll mir nicht erzählen, dass ihm das nichts sagt.« Alex erhebt sich. »Worauf wartest du, Caro?«, fragt er, als ich mich nicht sofort bewege, sondern weiter auf Murats Bildschirm starre.

»Ich komme ja schon«, murre ich, stürze meinen letzten Schluck Kaffee herunter und laufe ihm hinterher.

»Gute Arbeit!«, ruft Alex Murat über die Schulter zu, bevor er die Tür hinter uns beiden schließt.

»Was genau wollen wir jetzt von Daniel Althaus?«, frage ich, als wir in Richtung Physiotherapie-Praxis fahren.

»Ich will mehr Infos über Frauke Blöchers Hobby«, antwortet Alex. »Er muss davon gewusst haben. Vielleicht hat er auch mitgemacht.«

»Glaubst du, das ist ein weiteres Mordmotiv für Althaus?«

»Womöglich wollte Frauke Blöcher damit aufhören, in verlassene Häuser einzubrechen. Sie wurde mit ihrer Fitnessseite erfolgreicher, da blieb ihr keine Zeit mehr dafür. Zudem hätte das Wissen von einem illegalen Hobby potenzielle Werbepartner abgeschreckt.«

»Eine weitere Art, Daniel Althaus zurückzuweisen. Der damit ja so gut umgehen kann.«

»Frauke Blöcher machte Schluss mit ihm.« Alex hebt den Zeigefinger der rechten Hand. »Er bekam den Hund nur jede zweite Woche. Dann zog sie sich noch aus dem gemeinsamen Hobby zurück.« Finger zwei und drei sind oben. »Lauter Dinge, die Althaus verletzten und die er nicht verstehen konnte oder wollte.«

»Sie nahm ihm so die letzte Möglichkeit, gemeinsam etwas zu unternehmen.«

In diesem Moment biegen wir auf den Parkplatz ab und unterbrechen unsere Spekulationen. Jetzt wird es Zeit für Althaus' Version der Geschichte.

Die Augen der Empfangsdame weiten sich, als sie uns erkennt. »Wollen Sie schon wieder zu Daniel?«, fragt sie.

»Wir wissen ja, wo sein Behandlungsraum ist«, antwortet Alex und macht Anstalten, an der Rezeption vorbeilaufen, doch die Frau hält ihn zurück.

»Daniel ist heute nicht da.«

»Wo ist er denn?«

Sie zuckt mit den Schultern. »Er hat heute und morgen Urlaub. Wir dürfen ja keine Urlaubstage mit ins neue Jahr nehmen.« Sie schneidet eine Grimasse. »Macht vor Weihnachten einen tollen Eindruck, wenn ständig Mitarbeiter fehlen.«

»Wissen Sie, ob Herr Althaus wegfahren wollte?«, frage ich.

»Nein, deswegen sind wir alle so angefressen, dass wir ohne Grund freinehmen müssen. Eigentlich hatte Daniel nächstes Jahr einen größeren Urlaub geplant. Das hätte ihm auch gutgetan, denke ich. Mal auf andere Gedanken kommen, ohne Frauke, wissen Sie. Dafür könnte er die Tage gut gebrauchen, die er jetzt einfach verbummeln muss.«

Alex und ich werfen einander einen Blick zu, dann gehen wir ohne ein weiteres Wort zurück zum Auto.

»Am Ende hat Althaus sogar Urlaub für zwei gebucht, um mit Frauke vor Weihnachten ein langes Wochenende zu verbringen«, sage ich, während wir einsteigen.

Alex startet den Motor, aber fährt nicht los. Nach ein paar Sekunden wirft er mir einen Blick zu. »Traust du Harald Blöcher zu, dass er sich gestern doch für den Tod seiner Tochter gerächt hat? Vielleicht hat er mit Althaus telefoniert, und der hat ihm von dem Urlaub erzählt.«

»Das glaube ich nicht. Blöcher trauert um seine Tochter, aber für so unberechenbar halte ich ihn nicht. Als Althaus gestern zum ersten Mal nach Hause gekommen ist, war es draußen schon dunkel. Wenn bei Blöcher eine Sicherung durchgebrannt wäre, hätte er nicht bis mitten in der Nacht gewartet, um ihm was anzutun, sondern die erstbeste Gelegenheit genutzt. Zudem ist Blöcher es mittlerweile gewohnt, dass Althaus eine eigene Sicht auf die Beziehung zu seiner Tochter hat.«

Trotz meiner Worte meldet sich leise das schlechte Gewissen bei mir. Hätte ich Althaus letzte Nacht besser nicht aus den Augen gelassen?

»Wir sehen nach«, entscheidet Alex, während er ausparkt. »Wir haben Althaus gestern auch zu seinem eigenen Schutz überwacht.«

»Tritt ruhig noch mal nach«, murmele ich, während der Klumpen in meinem Bauch größer wird.

In Althaus' Wohnung ist alles dunkel, die Vorhänge sind zugezogen. Auf unser Klingeln hin rührt sich nichts. »Keiner zu Hause«, sage ich unnötigerweise, während wir auch auf der Rückseite des Hauses nur verdunkelte Fenster vorfinden.

»Kann es sein, dass er dich gestern gesehen hat?«, fragt Alex.

»Tagsüber hat er sich zumindest nichts anmerken lassen. Im Restaurant saßen wir nicht in seinem Blickfeld. Aber es gibt nur einen Ein- und Ausgang. Vielleicht hat er uns gesehen, als wir gegangen sind. Das konnten wir nicht vermeiden. Aber Laasphe ist klein und die Ratsschänke ein beliebtes Restaurant.« Ich sehe noch mal rauf zu Althaus' Wohnung. »Glaubst du, er ist getürmt? Dass wir ihn verdächtigen, wäre keine Riesenüberraschung, ob er mich gesehen hat oder nicht.«

»Oder er hatte einfach Pläne für heute.« Alex zuckt mit den Schultern.

»Vielleicht ist er gestern mit einer der anderen Frauen nach Hause, um sich zu trösten.«

»Kein schlechter Gedanke«, stimmt Alex mir zu. »Fangen wir an bei der Frau, die wir kennen.«

»Frau Kommissarin! Haben Sie Sehnsucht nach mir?«, begrüßt Mike Roth mich, als er uns die Tür öffnet.

»Hallo, Herr Roth. Ist Ihre Schwester da?«, frage ich zurück.

»Sie haben heute Ihren Bodyguard mitgebracht!« Roths Augen wandern über Alex' Körper, dann nickt er anerkennend. »Auf solche Jungs stehen Sie.«

»Alexander Fischer von der Polizei«, entgegnet Alex gelangweilt und macht einen Schritt nach vorn, um Roths Aussicht auf meine Brüste zu verdecken.

»Jana holt gerade Timmie vom Sportunterricht ab. Kommen Sie am besten später wieder.« Roth will uns die Tür vor der Nase zuknallen, bemerkt aber, dass Alex seinen Fuß im Weg hat, und weicht zurück in den Flur. »Oder Sie warten hier drinnen auf sie«, fügt er resigniert hinzu, während wir hinter ihm her in die Küche laufen. »Kaffee?«, fragt er.

»Einen normalen und einen Milchkaffee«, antwortet Alex.

Roth macht sich am riesigen Vollautomaten zu schaffen.

Während der erste Kaffee durchläuft, dreht er sich zu mir um, um einen weiteren Blick auf meine Oberweite zu erhaschen. Enttäuscht stellt er fest, dass ich die Arme verschränkt habe und damit verdecke, was er gern sehen würde.

»Wie läuft's mit der Jobsuche?«, frage ich zuckersüß, als sein Blick kurz meinen trifft.

Er dreht sich daraufhin zurück zum Vollautomaten und murmelt etwas, das ich nicht verstehe.

»In deinen spuckt er gleich rein«, raunt Alex mir zu.

»Er hätte längst reingesabbert, wenn ich meine Brüste nicht abschirmen würde«, gebe ich zurück und nehme die Tasse in Empfang, die Roth mir reicht.

Während Alex seinen Kaffee bekommt, hören wir im Flur die Haustür, gefolgt von einem Redeschwall, wie ihn nur ein Kind zustande bringt. »Und dann ist der Ball gegen den Pfosten und an den Kopf von Micha und dann direkt auf mich zu und ich musste nur die Hand ausstrecken und ...« Als der kleine, um die zehnjährige Junge uns in der Küche erblickt, verstummt er abrupt, während Jana Roth um die Ecke biegt, hinter ihm stehen bleibt und uns mit ebenso großen Augen anstarrt.

»Hallo«, sagen Alex und ich.

»Hi Timmie, das sind Freunde von Mama«, erklärt Mike Roth ruhig, als seine Schwester nichts von sich gibt. »Ich hab dir schon einen Kakao gemacht.« Er zeigt auf die dampfende Tasse, die unter dem Vollautomaten steht. »Wie war's beim Training?«

»Boah, Onkel Mike, Micha war wieder krass!« Sofort taut der Kleine auf und gibt einen Redeschwall von sich.

»Komm, wir gehen nach nebenan, dann kann Mama sich in Ruhe unterhalten und du erzählst mir alles.« Mike Roth greift nach dem Kakao und fährt Timmie mit der Hand durch die Haare. Die beiden verlassen den Raum, ohne sich noch einmal umzudrehen, während Alex und ich einander einen ungläubigen Blick zuwerfen.

»Wenn er mit Timmie zusammen ist, ist er ein ganz anderer Mensch.« Jana Roth lässt sich auf den nächstmöglichen Stuhl fallen. »Er sollte besser mit Kindern arbeiten als mit Computern.«

»Jetzt wäre die Zeit für ihn gekommen, umzuschulen«, erwidert Alex lächelnd.

»Richtig«, sagt Jana Roth geistesabwesend.

»Ich bin Alexander Fischer von der Polizei«, stellt Alex sich vor. »Meine Kollegin Frau König kennen Sie ja.«

Wie von der Tarantel gestochen, richtet Jana Roth sich auf, als würde sie erst jetzt begreifen, wer am Tisch sitzt. »Sie wollten bestimmt zu Mike«, antwortet sie und springt auf.

»Nein, dieses Mal wollen wir zu Ihnen«, unterbreche ich sie, bevor sie ihren Bruder rufen kann.

»Aber ...«

»Sie kannten Frauke Blöcher auch privat.«

Jana Roth vermeidet jeglichen Augenkontakt mit mir und taxiert stattdessen einen Punkt auf der Tischplatte. Kaum merklich nickt sie.

»Sie haben nicht nur Sport zu ihren Videos gemacht, oder?«

»Nein. Wir sind hier auf dem Dorf, da kennt man sich.«

»Und Daniel Althaus kennen Sie auch, richtig?«, fragt Alex.

Wieder nickt sie. »Das ist mein Physiotherapeut.«

»Aber nicht nur.« Bevor Jana Roth etwas erwidert, fahre ich fort: »Sie waren gestern zusammen in der Ratsschänke, und wir wissen, dass Frauke Blöcher normalerweise mit von der Partie war. Also: Sie kennen Herrn Althaus und Frau Blöcher auch privat.«

Jana Roth bläst die Wangen auf und atmet geräuschvoll

aus. Dann nickt sie.

»Frauke habe ich aber schon eine Weile nicht mehr gesehen. Bei ihr und Daniel lief es zurzeit nicht so gut. Er wollte Frauke zurück, sie wollte, dass sie Freunde bleiben, aber nicht mehr. Das war nicht einfach für ihn. Deswegen ist sie in letzter Zeit nicht mehr oft mitgekommen. Sie wollte bei ihm keine falschen Hoffnungen wecken.« Sie reißt die Augen auf. »Aber Sie verdächtigen doch nicht Daniel, oder?«

»Trauen Sie ihm eine solche Tat denn zu?«, frage ich.

»Um Gottes willen, nein!« Unterm Tisch beginnt sie, nach etwas in ihrer Handtasche zu kramen.

»Wissen Sie, wo wir ihn finden, wenn er frei hat?«, fragt Alex.

»Vielleicht im Wald, beim Wandern.«

»Ein anderes Hobby hat er nicht?«

»Ich weiß nicht, was Sie meinen.« In der Zwischenzeit hat sie ihr Handy aus der Tasche befördert, das sie nervös von einer Hand in die andere schiebt.

»Warum hat die Kellnerin gestern Frauke Blöcher als Kleinkriminelle bezeichnet?«, will ich wissen.

»Kleinkriminelle?« Jana Roth lacht auf. »Weil sie es gewagt hat, mal eine Pizza zu bestellen, obwohl sie Fitnesstrainerin war?« Sie sieht an sich herunter. Das T-Shirt, das sie trägt, ist ihr zwei Nummern zu groß. »Auf ihrem Online-Account sagt Frauke sogar, dass man sich zwischendurch etwas gönnen muss, um durchzuhalten. Nur so funktioniert es, langfristig abzunehmen.«

»Über andere Aktivitäten im Internet wissen Sie nichts? Andere Hobbys?«, hakt Alex nach.

Jana Roth schüttelt den Kopf. »Was Frauke auf ihrem Handy trieb, wenn sie keine Fitness-Videos ins Internet stellte, weiß ich natürlich nicht.«

»Wer war denn die andere Frau, mit der Sie gestern essen gegangen sind?«

»Die hat Daniel angeschleppt. Anscheinend wollte er endlich neu anfangen, aber sich nicht direkt auf ein Date nur zu zweit einlassen. Ich war so was wie ein Puffer, auch altersmäßig. Sie haben ja bestimmt gesehen, dass sie ein paar Jahre älter ist als wir.« Sie lächelt. »Es hat mich gefreut, dass er mir so sehr vertraut. Und dass er endlich an einen Punkt gelangt ist, wo Frauke nicht mehr die einzige Frau in seinem Leben war.«

Alex zückt sein Notizbuch. »Wer war diese Frau?«

»Sie heißt Moni, hat sie gesagt. Mehr weiß ich leider nicht.

Ich hab die beiden mal machen lassen und mich weitestgehend aus dem Gespräch rausgehalten.«

»Dann bedanken wir uns für Ihre Hilfe«, knurrt Alex mit zusammengebissenen Zähnen und erhebt sich.

Im Auto auf der Rückfahrt reden wir kein Wort miteinander. Wir sind uns einig, dass Jana Roth lügt. Sie kennt die andere Frau aus der Ratsschänke nicht erst seit gestern. Und der Griff zum Handy, während wir in der Küche saßen, kam etwas zu schnell. Vielleicht weiß sie, wo Daniel Althaus ist, und will ihn warnen, dass er für uns ein Verdächtiger ist.

»Jetzt steht es nicht mehr im Wohnzimmer und bekommt die Auf-merksamkeit, die es verdient!« Meine Mutter sieht uns begeistert an.

Ich werfe dir einen Seitenblick zu, denn das Lob gebührt dir al-lein. Du warst sicher, dass es hier im Gastraum des Hotels einen wunderbaren Platz findet.

»Es muss ja nicht jeden Abend Livemusik geben« meinst du. »Aber das Klavier verleiht dem Raum etwas Gemütliches. Und wann immer jemand für ein Stündchen spielt, werden die Gäste sich freuen und bleiben ein wenig länger, als sie es vorhatten. Man sieht dem Schätzchen an, wie viel Geld es deine Eltern gekostet hat. Da gebührt ihm ein Ehrenplatz.«

»Ich freue mich, wenn ich mich abends ein wenig austoben darf«, gebe ich zurück.

»Vielleicht darf ich ja auch mal.« Du nimmst auf dem Hocker Platz und streichst zärtlich über die Tasten. Du hast mein Klavier schon immer geliebt. Deine Eltern konnten sich für dich keins leis-ten. Umso glücklicher warst du, dass du meines benutzen konntest, *wann immer du mich besucht hast.*

Du spielst »The Sound of Silence« an. Erst zaghaft. Nur die rechte Hand spielt die Melodie. Dann fügst du mit der linken die Begleitung hinzu. Leise. Vorsichtig. Als könnte etwas in die Brüche gehen, wenn dein Spiel eine gewisse Lautstärke übersteigt. Aber als du feststellst, wie der Klang diesen Saal ausfüllt, fühlst du dich sicherer und dein Spiel wird beherzter. Die Härchen an meinen Armen stellen sich auf, die Augen meiner Mutter werden feucht. Stumm greift sie nach meiner Hand. Mir wird klar, wie widersprüchlich der Titel des Liedes in genau diesem Moment ist. Denn du bist ganz und gar nicht mehr leise, dein Spiel füllt jeden Zentimeter des Raumes aus. Aber alle anderen sind so ergriffen, dass sie keinen Ton herausbringen, lange nachdem der letzte Ton verklungen ist.

»Können wir dich engagieren?«, fragt meine Mutter mit gebrochener Stimme, als sie sich wieder gefangen hat.

»Ich kann bestimmt mal zum Spielen vorbeikommen«, sagst du und grinst. Entweder begreifst du nicht, wie sehr du sie bewegt hast, oder du reagierst genau deswegen so flapsig.

»Das war eigentlich mein Plan«, begebe ich mich auf dein Terrain. „Abends immer mal wieder in die Tasten zu hauen. Aber wir finden eine Möglichkeit, uns abzuwechseln.«

»Und du wirst in Zukunft gar nicht mehr so viel Zeit haben, dich abends ans Klavier zu setzen«, gibt meine Mutter zu bedenken.

»Warum nicht? Ich wohne doch quasi im Hotel.«

»Eben das haben wir uns überlegt.« Meine Mutter dreht mich zu sich, damit ich ihr in die Augen schaue. »Du weißt, dass es deinem Vater gesundheitlich nicht sonderlich gut geht. Und auch ich werde nicht jünger. Wir sind dir unendlich dankbar für alles, was du in der letzten Zeit für uns getan hast.«

»Das ist doch selbstverständlich!"

»Ist es eben nicht. Und wir wollen nicht mehr, dass du den Laden hier schmeißt, ohne etwas dafür zu bekommen. Deswegen haben wir uns überlegt, dass du das Hotel ab kommendem Jahr führen sollst.«

Mir fehlen die Worte. Mein Kopf fühlt sich so leer an. Das Hotel ist alles, was ich mir je in meinem Leben gewünscht habe. Meine Großeltern haben nach dem Krieg alles, was sie je besaßen, in dieses Gebäude gesteckt. Sie hatten nicht eine freie Minute, aber das verstand sich von selbst. Das Hotel war ihr Leben. Als Kind habe ich auf diesem Boden gespielt, während meine Oma in der Küche stand und alles für einen ausgebuchten Abend im Restaurant vorbereitete. Ich saß auf dem Schoß meines Opas, der an der Rezeption die neuen Gäste begrüßte.

Als ich ein Teenager war, ging nach und nach der Hotelbetrieb an meine Eltern über, für die das Hotel ebenfalls alles bedeutete. Plötzlich stand meine Mutter in der Küche oder wirbelte durch den Gastraum, währenddessen erledigte mein Vater Reparaturarbeiten in einem der 20 Zimmer. In letzter Zeit sitze ich immer häufiger an der Rezeption oder springe ein, wenn abends mal wieder eine Kellnerin fehlt. Egal wann ein Paar zusätzlicher Hände benötigt wird, ich bin da. So ist das in einem Familienunternehmen. Meine Großeltern hätten es so gewollt. Sie wären stolz auf uns.

Auch wenn dieser Moment nicht völlig überraschend kommt, bin ich sprachlos. Dann höre ich deinen Jubelschrei. Du packst mich von hinten und wirbelst mich herum. »Frohe Weihnachten!«, kreischst du, bevor du mich in die Arme schließt und anschließend meiner Mutter um den Hals fällst.

In diesem Moment kommt er in den Raum. An seinem Gesicht sehe ich, dass er schon Bescheid wusste. »Und du hast mir nichts gesagt!«, beschwere ich mich.

»Dann wäre es doch keine Überraschung mehr gewesen.« Er zieht mich an sich. »Frohe Weihnachten«, murmelt er in mein Haar.

»Frohe Weihnachten«, antworte ich und schließe einen Moment lang die Augen. Ich stehe in meinem Hotel, mit ihm und meiner

Mutter. Und mit dir. Mit den wichtigsten Menschen in meinem Leben. Ich frage mich, ob ich jemals bisher so glücklich war.

»Wir lassen Daniel Althaus zur Fahndung ausschreiben«, fasst Alex das Gespräch mit seinem Chef zusammen, nachdem er sein Handy wieder in die Tasche bugsiert hat. »Er hat zwei Tage frei und verbringt die, oh Wunder, nicht zu Hause. Womöglich ist er gerade auf einem Weihnachtsmarkt in München oder Köln.«

»Und damit macht er sich nicht strafbar. Wir haben ihm nicht gesagt, dass er sich zur Verfügung halten soll«, bestätige ich.

»Selbst, wenn er wie Frauke Blöcher ein Urbexer ist und in diesem Moment in irgendeiner Fabrikhalle oder einem verlassenen Haus herumspringt: Hausfriedensbruch ist ein Antragsdelikt. Solange ihn niemand anzeigt, kann er sich dort austoben. Durch sein Verhalten hat er sich trotzdem verdächtig gemacht, sodass es nicht schadet, herauszufinden, wo er sich aufhält.«

Ich nicke. »Da hast du recht. Ich würde Althaus gerne so schnell wie möglich befragen: Aber wo starten wir mit unserer Suche nach ihm? Er kann überall sein.«

Er schweigt einen Moment. »Ich denke, es war gut, das Thema Urbexing nicht bei Jana Roth anzusprechen. Je weniger sie über unsere Ermittlungen weiß, umso weniger kann sie an Daniel Althaus weitergeben.«

»Das gemeinsame Hobby muss nicht zwingend mit dem Mord zusammenhängen.«

Alex trommelt mit den Fingern nachdenklich auf dem Lenkrad herum. »Wir sollten bei der Kellnerin nachhaken, ob sie die zweite Frau kennt, die gestern in der Ratsschänke war. Was sie damit meinte, als sie Frauke Blöcher als Kleinkriminelle bezeichnet hat, ist ja klar.«

»Ich rufe den Pächter nachher an«, sage ich und starte die Google-Suche über mein Handy.

»Ich bin froh, dass du keine Gelegenheit mehr hattest, den Kaffee auszutrinken«, sagt Alex nach einer Weile.

Überrascht sehe ich von meinem Handy auf. »Mein Tagespensum war doch gar nicht erreicht!«

»Der Tag ist noch nicht zu Ende.«

»Ich fahre jetzt zurück mit dir aufs Präsidium. Und dort werde ich Tee trinken, wenn es dir wichtig ist.« Ich hebe die rechte Hand. »Versprochen. Auch wenn ich deine Panik nicht verstehe.«

Alex lacht. »Ich verstehe nicht, warum du bei deinem Kaffeekonsum nicht durch die Gegend läufst wie ein Duracell-Häschen.«

»Das können nur Profis wie ich.«

»Jetzt kommen wir auf dünnes Eis, Madame.«

»Wir haben unser Weihnachtsbaum-Dilemma noch nicht gelöst.«

»Und jetzt lenkst du ab. Wie immer, wenn ich dich auf die drei Liter Kaffee anspreche, die du am Tag so in dich rein schüttest.«

»Drei Liter sind es doch nicht!«

»Aber fast.«

»Weihnachtsbaum, Herr Fischer! Sonntag ist der erste Advent. Willst du nun einen über die ganze Adventszeit aufstellen oder nicht?«

»Könntest du dich denn damit anfreunden?«

»Wenn ich überlege, wie wenig wir momentan zu Hause sind, ist das vernünftig. An Weihnachten verbringen wir darüber hinaus Zeit bei meiner Mutter und deiner Familie. So sehen wir den Baum wenigstens abends.«

»Dann lass uns Samstag doch einen besorgen.«

»Klingt gut.« Ich greife nach seiner Hand, während er den Blick weiter auf die Straße richtet. »Ich liebe dich.«

»Ich dich auch.«

»Aber meinen Kaffee liebe ich ebenfalls.«

»Oh, du kommst von selbst wieder auf das Thema.«

»Dich liebe ich aber mehr als Kaffee. Sogar so sehr, dass ich meinen Konsum im Auge behalten werde, wenn er dir Sorgen macht.«

»Wer bist du und was hast du mit Caro gemacht?«

»Dieser Fall bringt deine impulsive Seite zum Vorschein und meine rücksichtsvolle.«

»So scheint es.«

»Gleich gibt es einen Tee für mich und basta.«

Alex nickt zufrieden, ohne den Blick von der Straße zu wenden.

»Erwarte nicht zu viel«, warne ich ihn. »Ganz auf Kaffee verzichten kann und werde ich nicht.«

»Verstanden.« Lachend lässt er meine Hand los und parkt am Revier in der Bahnhofstraße.

»Ist das etwa ein Teebeutel?« Ungläubig starrt Ingrid auf meine Tasse.

»Gibt es wichtigere Erkenntnisse?«, frage ich zurück und klinge dabei gereizter als beabsichtigt.

Ingrid reißt die Hände in die Höhe. »Du musst mich nicht direkt anspringen, wenn du auf Entzug bist.«

»Tut mir leid.« Ich fische den Teebeutel aus meiner Tasse und setze mich an den Besprechungstisch.

»Pass auf, dass sie nicht auf Grüntee umsteigt«, warnt Ingrid Alex, der in diesem Moment mit einer Flasche Wasser den Raum betritt. »Dann spart sie kein Koffein. Im Gegenteil.«

»Sie trinkt Früchtetee«, kommentiert Murat nach einem Blick auf das Etikett an meinem Teebeutel, als er sich neben mich setzt.

»›Sie‹ sitzt hier und kann euch alle hören!«, brause ich auf.

»Oder du gibst ihr einfach wieder Milchkaffee«, murmelt Ingrid.

Alex geht nicht näher darauf ein und fasst stattdessen unser Gespräch mit Jana Roth zusammen. »Caro fährt gleich zu der Kellnerin, die sie in der Ratsschänke gestern bedient und Frauke Blöcher als Kleinkriminelle bezeichnet hat. Vielleicht weiß die, wer die dritte Frau am Tisch war. Jana Roth behauptet, sie weiß nur, dass die Dame Moni hieß.«

»Daniel Althaus hat Verwandte in Süddeutschland, die haben aber nichts von ihm gehört«, berichtet Ingrid.

»Auf seinem Profil veröffentlicht Althaus diverse Fitness- und Ernährungsvideos. Immer mal wieder ist ein Lost Place dabei, aber er ist auf den sozialen Medien generell nicht so aktiv wie Frauke Blöcher«, erzählt Murat. »Ich suche weiter.«

Nicken. Stühlerücken, zurück an die Arbeit.

Bevor ich zu Luisa Schreiber fahre, der Kellnerin von gestern Abend, sehe ich bei Murat vorbei. Er starrt wie gebannt auf seinen PC-Bildschirm. Erst als ich mich räuspere, dreht er sich um. Mir ist vorhin schon aufgefallen, wie müde er aussieht.

»Ist alles okay?«, frage ich vorsichtig nach.

»Klar.« Murat lacht bitter auf.

Ich werfe einen Blick in den Flur. Niemand ist zu sehen, ich ziehe die Tür hinter mir zu. »Was ist los?«, will ich wissen.

Murat zeigt auf den Bildschirm vor seiner Nase. »Das sind alles Nachrichten an Frauke Blöcher.« Er scrollt herunter, und ich bin überrascht von der Anzahl. »Sie nehmen kein Ende. Wie weit soll ich deiner Meinung nach in die Vergangenheit schauen?«

Ich lehne mich nach vorn. »Was sind das für Nachrichten?«

»Die meisten sind von Fans. Mädels, die sich bei ihr bedanken, dass sie sich die Arbeit macht und fast täglich Videos veröffentlicht. Es gibt auch Fragen, was man bei Knieproblemen tun kann oder welche Ernährung Frauke für die beste hält. Es gibt sogar Fragen, ob Tomaten dick machen oder ob Putenschnitzel gegen Arthrose hilft!« Murat schnaubt. »Als wäre sie nicht nur Fitness-Trainerin, sondern Ärztin oder Wunderheilerin.«

»Hat sie diese Nachrichten beantwortet?«

»Viele. Aber bei der Masse hat sie Prioritäten gesetzt. Einige konnte sie ignorieren. Macho-Micky ist euch ja ein Begriff, aber es gibt mehr von der Sorte.« Murat ruft die Nachricht eines Mannes auf. »Hello«, steht dort.

»William 12_05?«, frage ich ungläubig.

Murat nickt und klickt weiter auf das Profil. »Lebe jeden Tag, als wäre es dein letzter«, steht dort auf Englisch. Darunter sind fünf Fotos des Mannes abgebildet, drei davon zeigen ihn mit einem etwa zehnjährigen Jungen. »Das sind Typen, die die sozialen Medien als Kontaktbörse benutzen. Sie klicken wahllos auf Frauenprofile, in der Hoffnung, dass irgendeine auf den scheinbar alleinerziehenden Vater aufmerksam wird und seine Kontaktversuche erwidert.« Er schließt das Profil wieder. »Frauke Blöchers Reichweite war so groß, dass sie solche Typen natürlich angelockt hat. Ich habe diese Nachrichten bislang vernachlässigt, aber will nichts übersehen, weswegen ich zumindest einen Blick auf die Profile werfe.« Murat dreht sich zu mir um. »Und jetzt soll ich darüber hinaus das Konto von Daniel Althaus im Auge behalten. Ich wiederhole meine Frage: Bis wann in der Vergangenheit gehe ich zurück? Und wann soll ich schlafen?«

»Hast du schon mit Alex gesprochen?«

»Nein.« Murat fährt sich mit den Händen durch die dunklen Haare. »Ich will nicht, dass er denkt, ich sei dem hier nicht gewachsen.«

»Blödsinn!« Ich ziehe mir einen Stuhl heran und setze mich neben ihn. Alex hat mir von Murats Ambitionen erzählt, zum BKA zu wechseln. Bislang hatte der damit keinen Erfolg. »Beim BKA hat man ganze Abteilungen für derartige Tätigkeiten. Was du hier allein stemmst, erledigen dort vier oder fünf Leute. Du musst dich nicht schlecht fühlen, wenn du sagst, dass dir das zu viel wird«, beruhige ich ihn. »Im Gegenteil: Du willst nichts übersehen, aber brauchst naturgemäß mehr Zeit für die Analyse zweier Konten. Das ist normal. Und sich das einzugestehen, spricht für Stärke und Professionalität, macht also einen positiven Eindruck bei deinem Vorgesetzten.«

Murat sieh mich aufmerksam an.

»Ingrid hat momentan zusätzliche Arbeit im Labor, aber vielleicht erklärst du ihr, worauf sie zu achten hat und sie kann wenigstens ein Auge auf Daniel Althaus' Account halten. Bitte Alex um Hilfe. Wir sind ein Team. Er weiß, dass du gute Arbeit leistest.«

Murat nickt langsam.

»Das wird garantiert keinen Einfluss auf deine Bewerbungen beim BKA haben«, versichere ich ihm.

»Wenn ich nur wüsste, was denn Einfluss hat«, murmelt er. »Versteh mich nicht falsch: Ich mag die Arbeit hier. Ich mag Laasphe und unser Team. Und es ist nicht so, dass ich Morde per se toll finden würde. Aber ich mag die Herausforderungen. Seit du da bist, bekommen wir komplexere Fälle zugeteilt. Ich will mehr davon. Keine Verkehrsdelikte oder Sachbeschädigungen mehr. Ich will zum BKA!«

»Du weißt, dass ich alle Brücken zum BKA abgebrochen habe«, erwidere ich ruhig. »Der Einzige, der dort ein gutes Wort für dich einlegen kann, ist Alex.«

»Warst du denn zufrieden?«, fragt Murat, plötzlich neugierig.

Ich überlege. »Es war spannend, ich bereue die Zeit dort nicht. Aber ich bin froh, wieder in einem kleinen Team zu arbeiten, zu Hause zu sein und häufiger ein freies Wochenende zu haben. Um mein Privatleben stand es in Wiesbaden nicht besonders gut.« Ich lächle. »Ich mag auch komplexe Fälle, aber hin und wieder mal eine Sachbeschädigung finde ich abwechslungsreich.« Ich schiebe meinen Stuhl zurück an den Schreibtisch. »Jetzt muss ich mich um unsere Kellnerin kümmern.« Ich drücke Murats Schulter, bevor ich gehe. »Alex ist ein guter Vorgesetzter. Frag ihn um Hilfe, er wird dich nicht im Regen stehen lassen.«

Murat nickt, ist aber schon wieder so vertieft in die Nachrichten auf seinem Rechner, dass er mir nicht mehr antwortet.

Ich würde Luisa Schreiber auf Mitte 50 schätzen. Mit durchschnittlicher Größe und Figur, aschblonden Haaren, die sie zu einem lockeren Pferdeschwanz gebunden hat, und Augen, deren Farbe man nicht auf Anhieb definieren kann, gehört sie zu den Menschen, die man einmal sieht und direkt wieder vergisst – bis sie lächeln. Als sie mich wiedererkennt, beginnt ihr Gesicht zu strahlen. Sie richtet sich auf und ihre Stimme wird ein wenig lauter. Als Kellnerin ist sie genau am richtigen Platz, schießt es mir durch den Kopf. Wenn sie Eindruck machen möchte, ist sie dazu durchaus in der Lage, jedoch auf eine unaufdringliche Art. Sie wirkt überrascht, als ich ihr meinen Ausweis zeige, fängt sich aber schnell wieder und lässt mich direkt in ihre Einliegerwohnung.

»Ich habe nicht viel Zeit für Sie«, sagt sie, während sie vor mir her in die kleine Wohnküche läuft. Hier türmt sich jede Menge schmutziges Geschirr auf der Anrichte. »Die Spülmaschine hat den Geist aufgegeben und ich will alles aufräumen, bevor ich wieder zur Arbeit muss. Obwohl erst am Wochenende erster Advent ist, geht es jetzt schon los mit den Weihnachtsfeiern. Das heißt, ich habe keine Ahnung, wann ich heute Abend nach Hause komme.« Sie greift nach einem Schwamm und dreht sich in Richtung Spüle, entscheidet sich dann aber dafür, zuerst mir ihre Aufmerksamkeit zu widmen. Wir setzen uns an den kleinen Teil des Küchentischs, der nicht voll steht.

»Ich habe nur ein, zwei Fragen«, erkläre ich. »Arbeiten Sie schon lange in der Ratsschänke?«

»Ein gutes Jahr, würde ich sagen.«

»Was haben Sie vorher gemacht?«

»Gekellnert. Mal hier, mal da. Sind das Ihre zwei Fragen? Dann kann ich ja jetzt meinen Abwasch machen.« Ihre Lippen zucken amüsiert.

»Es interessiert mich.« Ich komme zur Sache: »Erinnern Sie sich an die drei Gäste, auf die ich Sie gestern schon angesprochen habe?«

»Klar, das sind Stammgäste.«

»Wie oft kommen die so im Schnitt zu Ihnen?«

Luisa Schreiber überlegt. »Alle vier Wochen, würde ich sagen.«

»In derselben Konstellation?«

»Nein. Ich sagte ja gestern schon, dass da eine Frau fehlt.«

Ich krame nach meinem Handy und rufe Frauke Blöchers Profil auf. »Ist es diese hier?«

»Genau.«

»Seit wann kommen die vier zusammen?«

Luisa Schreiber trommelt mit den Fingern auf den Tisch, während sie nachdenkt, und zuckt mit den Schultern. » Seitdem ich dort arbeite auf jeden Fall. Die Frau, die gestern gefehlt hat, kam aber immer seltener mit in letzter Zeit.« Sie lehnt sich nach vorn. »Ich glaube, der Mann und sie waren ein Paar und hatten Probleme«, vertraut sie mir an.

»Sie haben die Frau, die gestern fehlte, Kleinkriminelle genannt. Warum?«

Luisa Schreiber rutscht auf ihrem Stuhl zurück. Direkt ist die Vertrautheit, die sie zwischen uns geschaffen hat, wieder verschwunden. »Ich habe sie nicht so genannt«, stellt sie klar. »Das waren die drei anderen. Genau genommen haben die sich selbst so bezeichnet. Der Club der Kleinkriminellen.« Sie nickt. »Das habe ich immer mal so aufgeschnappt. Kann aber sein, dass ich da was missverstanden habe. Ich bin ja nicht angestellt, um die Leute auszuhorchen.«

Ich hebe beschwichtigend die Hände. »Das hat niemand

behauptet. Aber wenn die vier schon so lange bei Ihnen ein-
und ausgehen, haben Sie bestimmt das ein oder andere mitbekommen.«

Frau Schreiber sieht mich abwartend an.

»Die Frau, die gestern nicht dabei war, ist leider einem Gewaltverbrechen zum Opfer gefallen.« Ich weiß, dass Nachrichten wie diese sich hier auf dem Land wie ein Lauffeuer
verbreiten. Dass Luisa Schreiber davon nichts gehört hat,
glaube ich nicht.

»Das ist ja schrecklich«, murmelt sie. »Und ich dachte, sie
sei wegen ihrer Beziehungsprobleme nicht mehr mitgekommen.«

»Deswegen könnte alles, was Sie mir über diese Gruppe
sagen, weiterhelfen. Können Sie sich vorstellen, warum die
vier sich als Kleinkriminelle bezeichnet haben?«

»Nein.«

Nachdem sie bei meinen übrigen Fragen immer überlegt
hat, kommt mir diese Antwort ein wenig zu plötzlich. Vielleicht hat die Nachricht von Frauke Blöchers Tod Frau Schreiber die Sprache verschlagen. Ich registriere aber, dass ihr
Blick immer wieder zur mit Geschirr vollgetürmten Arbeitsplatte wandert, es ist ebenso möglich, dass sie wirklich keine

Zeit mehr hat. Immerhin hat sie mir schon den ein paar deutliche Hinweise gegeben. Ich erhebe mich also und bedanke mich für das Gespräch.

»Wissen Sie zufällig, wie die Herrschaften heißen?«, frage ich, während sie mich zur Haustür begleitet.

Ihre Gesichtszüge hellen sich auf. »Ja, die Frauen, die gestern da waren, heißen Jana und Moni«, antwortet sie, froh, mir doch helfen zu können. »Der Mann heißt Daniel oder David, das weiß ich leider nicht so genau. Und die Frau, die zuletzt so oft fehlte, heißt Frauke. Über die haben sie sich gestern lange unterhalten, deswegen bin ich mir bei ihrem Namen sicher.«

»Die Nachnamen wissen Sie nicht zufällig, oder?«

Mittlerweile sind wir an der Haustür ankommen. Luisa Schreiber zuckt entschuldigend mit den Schultern und öffnet mir die Tür. »Es kommt in unserem Restaurant nicht so oft vor, dass die Leute sich siezen, erst recht nicht, wenn sie einander schon eine Weile kennen.«

»Klar, verstehe. Wenn Ihnen irgendetwas einfällt, melden Sie sich gern bei mir.« Ich bedanke mich, dann mache ich mich auf dem Weg zum Auto.

»Morgen reden wir mit Jana Roth«, teile ich Alex am Telefon mit. »Jetzt bin ich aber erst mal anderweitig beschäftigt. Heute Abend gibt's eine Überraschung für dich.«

»Frauke Blöcher hat Hunderte Nachrichten im Internet bekommen. Viele sind von Fans. Aber sie hat auch Beleidigungen bekommen, anzügliche Kommentare. Nur diese ›Erinnere dich‹-Nachricht sticht aus der Masse raus.«

»Erinnere dich?« Sabine sieht mich fragend an.

»Ja, eine Nachricht, dass es schade ist, dass Frauke sich nicht an den Sender erinnert, und dass man ihrem Gedächtnis auf die Sprünge helfen wird. Vielleicht interpretiere ich zu viel da rein, aber ausgerechnet diesen Absender kann Murat nicht ausfindig machen.« Frustriert lege ich mein Handy zur Seite.

»Der Support von den Online-Anbietern ist keine Hilfe, alle Anfragen dazu werden abgeschmettert. Als einziger Computerspezialist soll Murat sich um die zwei Online-Konten von Frauke Blöcher kümmern und den Account von Daniel Althaus im Auge behalten. Wir hoffen, dass Althaus ein Foto von sich online stellt, das uns verrät, wo er ist, aber Murat stößt langsam an seine Grenzen. Wir wissen ja nicht mal, ob eines von Frauke Blöchers Hobbys überhaupt zu ihrem Tod geführt hat.«

Ich seufze. »Vielleicht handelt es sich um eine klassische Beziehungstat und hat rein gar nichts mit den sozialen Medien zu tun, denn Althaus ist weg. Aber wir wollen uns nicht zu sehr auf ihn versteifen und keine anderen Spuren außer Acht lassen.«

Sabine sieht mich mitfühlend an, während sie den Lebkuchenteig ausrollt, den sie schon vorbereitet und über Nacht im Kühlschrank aufbewahrt hat. »Da muss Alex als Vorgesetzter eine Lösung finden«, gibt sie zu bedenken.

»Er sucht händeringend nach einem weiteren Kollegen. Aber momentan müssen wir mit dem Personal klarkommen, das verfügbar ist. Und das gestaltet sich schwierig.«

»Jetzt denkst du für den Rest des Tages mal an was anderes.« Sabine platziert die Plätzchen-Ausstecher demonstrativ vor meiner Nase. »Mit ein bisschen Abstand fällt dir vielleicht ein Detail auf, das du gerade nicht siehst.«

Ich lächle. Es wäre nicht das erste Mal, dass Sabine recht hat. Aber momentan fällt es mir schwer, nicht an den Fall zu denken. Ich versuche wenigstens, mich auf unseren Nachmittag zu konzentrieren. Ich greife nach dem Rentierkopf-

Ausstecher und beginne, meine Hälfte des Teigs zu bearbeiten. Die Menge Lebkuchen, die wir produzieren, ist beachtlich. Aber da ich Alex für heute Abend eine Überraschung versprochen habe, werde ich einige für ihn abzwacken.

»Insgesamt finde ich es faszinierend, wie sich die sozialen Medien in den letzten Jahren entwickelt haben«, murmele ich, während ich die ersten Rentiere auf ein Backblech lege. »Früher haben die Leute Tagebuch geschrieben und waren stinksauer, wenn jemand gelesen hat, was darin stand. Heute machen sie ihr ganzes Leben öffentlich und *wollen*, dass alles gelesen wird. Auch wenn sie sich dort natürlich aussuchen, was gesehen werden soll.«

»Das ist in der Tat interessant«, bestätigt Sabine. »Aber jetzt hören wir auf zu philosophieren und widmen uns unseren Lebkuchen.«

Bevor ich etwas erwidere, habe ich die nächste Schicht Teig zum Ausstechen vor mir. Auch wenn ich meine Gedanken nicht völlig von unserem Fall loseisen kann, bin ich doch froh um die Ablenkung. Für Sabine ist es nicht anders: Backen ist ihre Methode, von der Arbeit abzuschalten. Dass sie das gerade jetzt in jeder freien Minute tut, liegt sicherlich nicht nur daran, dass sie so gerne Kekse mag. Sie hat immer zu viel Arbeit, aber in der Weihnachtszeit häufen sich die Anrufe von Menschen, die psychologische Unterstützung brauchen.

»Was machst du eigentlich an Heiligabend?«, frage ich. Plötzlich kommt mir in den Sinn, dass Sabine, soweit ich weiß, hier keine Familie hat. Ihre Mutter hat sich das Leben genommen, als sie 17 war, und ihren Vater hat sie nie kennengelernt. Geschwister hat sie keine.

»Ich weiß nicht so genau. Für mich war Weihnachten nie so wichtig.«

»Aber Weihnachtsplätzchen backen schon?«

»Das ja.« Sie grinst. »Davon hat man wenigstens länger was.« Als ich ihr Lächeln nicht erwidere, wendet sie den Blick ab und konzentriert sich wieder auf ihren Teig. »Weihnachten hatte für mich einfach nie die Bedeutung, wie es das für Menschen mit intakten Familien hat. Oft trage ich mich für den Bereitschaftsdienst ein. Und wenn ich nicht arbeite, mache ich mir eine Tiefkühlpizza und verbringe Heiligabend auf dem Sofa.« Sie lacht auf, als sie meinen Blick sieht. »Jetzt guck mich nicht so mitleidig an, das ist total okay für mich.«

»Musst du dieses Jahr arbeiten?«

»Ausnahmsweise mal nicht.«

»Wie wäre es, wenn du Heiligabend bei uns verbringst?«

»Ist das mit Alex abgesprochen?«

»Bis jetzt nicht.«

Wieder lacht Sabine auf. »Du bist zu impulsiv, Caro. Du solltest erst mal deinen Freund fragen, ob das für ihn in Ordnung ist.«

»Das ist es. Meine Mutter muss er auch ertragen.«

»Tu mir einen Gefallen und sprich mit ihm. Dann denke ich gern darüber nach. Ansonsten wartet schon eine Pizza Tonno in meiner Truhe, und wie du weißt, liebe ich Thunfisch.«

Freitag

Jana Roth wirkt nicht überrascht, als wir wieder auf ihrer Matte stehen. Begeistert ist sie allerdings auch nicht. »Sie kennen ja den Weg«, grummelt sie und bedeutet uns, ihr in die Küche zu folgen. »Normaler Kaffee und Milchkaffee?«, fragt sie, betätigt aber bereits ihr Monstrum von Kaffeemaschine. Alex wirft mir einen Blick zu. »Ist eh zu spät«, murmele ich und zwinkere ihm zu.

»Wo ist Ihr Bruder?«, rufe ich Jana Roth zu, um das Getöse des Milchaufschäumers zu übertönen.

»Auf dem Arbeitsamt. Er wollte sich schlau machen, ob er in Richtung Erzieher umschulen kann. Der Umgang mit meinem Sohn tut ihm gut.« Sie zuckt mit den Schultern. »Ich weiß aber nicht, ob er so schnell einen Termin bekommen hat, ich bin gerade selbst erst nach Hause gekommen. Ich bin Lehrerin, da ist der Vormittag in der Regel verplant. Aber ich kann ihn anrufen.«

Sie stellt unsere Tassen vor uns ab und setzt sich uns gegenüber.

»Nein, wir wollten wieder zu Ihnen«, erwidert Alex. »Haben Sie Herrn Althaus gestern erreicht?«

»Wie kommen Sie darauf, dass ich mit Daniel gesprochen habe?«

»Sie haben sofort nach Ihrem Handy gekramt, als wir gestern bei Ihnen waren und nach ihm fragten.«

Jana Roth starrt auf die Tischplatte und knetet ihre Hände. »Daniel hat nichts Verbotenes getan, da bin ich mir sicher.«

»Außer verlassene Grundstücke zu betreten?«, hake ich nach.

»Woher wissen Sie das?« Frau Roth beißt sich auf die Zunge. Sie hat zu viel gesagt, denkt sie. Doch wir haben nichts erfahren, was wir nicht schon wussten.

»Sie treffen sich regelmäßig in der Ratsschänke, um über ihre Streifzüge zu reden«, fühle ich weiter vor.

»Hat mich wer angezeigt? Sind Sie deswegen hier?«

Jetzt kommen wir der Sache näher. »Nein«, beruhige ich sie. »Wir versuchen nach wie vor, Frauke Blöchers Mörder zu finden. Da müssen wir jeden Aspekt ihres Lebens unter die Lupe nehmen, auch die Besuche der Lost Places, von denen wir mittlerweile wissen.«

»Und dann fragen Sie mich über Daniel aus?«

»Wissen Sie, wo er sein könnte?«

»Nein, und wenn, dann würde ich es Ihnen nicht auf die Nase binden.«

»War er gestern bei Ihnen?«

»Nein. Und jetzt gehen Sie bitte. Sie haben gegen Daniel nichts in der Hand, sonst wären Sie nicht hier.«

»Dass Sie Kontakt zu Frauke Blöcher hatten, hätten Sie uns früher sagen können«, entgegne ich. »Es wirft kein gutes Licht auf Sie, dass wir das auf anderem Wege erfahren haben. Vor allem nicht, wenn Sie gemeinsam ein illegales Hobby betreiben.«

»Daniel hat Frauke geliebt! Er hat nichts mit ihrem Tod zu tun.«

»Und Sie?«

»Warum sollte ich? Frauke war die beste Urbexerin, die man sich vorstellen kann! Sie hatte das hochwertigste Equipment und kam ständig um die Ecke mit neuen Tipps, denn sie war in der Szene besser vernetzt als ich. Wann immer ich konnte, war ich mit ihr unterwegs. Ich hätte absolut nicht von ihrem Tod profitiert!«

»Und die Leute, deren Grundstücke Sie ungefragt betreten? Sie nennen sich selbst Kleinkriminelle.«

»Ja, wir haben uns mit einem Augenzwinkern so bezeichnet, weil das, was wir da tun, nicht so ganz legal ist«, erwidert Jana Roth genervt. »Aber wir sind keine Vandalen. Wir demolieren nichts, wir nehmen nichts mit. Wir rühren nicht mal etwas an, wenn wir irgendwo reingehen. Alles wird so fotografiert, wie wir es vorfinden, nicht ein Möbelstück wird verschoben. Also nein, wir hatten keine Probleme mit irgendwelchen Grundstücksbesitzern.«

»Wie sieht es mit Ihrer Kollegin aus?«

»Was meinen Sie?«

»Die vierte Kleinkriminelle«, stelle ich klar und atme tief durch, um nicht die Fassung zu verlieren.

Frau Roth schweigt, deswegen rede ich weiter: »In der Ratsschänke waren Sie regelmäßig zu viert. Und wir wissen, dass diese Frau nicht zum ersten Mal dabei war. Moni haben Sie sie genannt, nicht wahr? Sie war kein Date von Daniel Althaus, sondern Sie gingen seit Jahren zu viert dorthin.«

Als Jana Roth immer noch nichts sagt, lehnt Alex sich nach vorn. »Frau Roth, Ihre Freundin wurde ermordet. Sie sollten ein Interesse daran haben, dass wir herausfinden, wer ihr das angetan hat. Wir könnten Sie bereits jetzt anzeigen, weil Sie uns zur Aufklärung dieser Straftat wichtige Informationen vorenthalten haben. Zudem machen Sie sich selbst verdächtig. Also: Wer ist die vierte Kleinkriminelle?«

Auf der Fahrt lassen Alex und ich uns das Gespräch mit Jana Roth durch den Kopf gehen. Obwohl sie nicht besonders kooperativ war, hat sie uns dieses Mal hoffentlich alle Fragen wahrheitsgemäß beantwortet. Ob sie Kontakt zu Daniel Althaus hatte, können wir nach wie vor nicht sagen.

»Was, wenn du recht hattest vorhin? Was, wenn Frauke Blöcher damit aufhören wollte, Fotos von verwahrlosten Orten zu machen?«, fragt Alex mich plötzlich.

»Was meinst du?«

»Vielleicht wollte sie sich auf ihre Fitnessvideos konzentrieren. Zwei Hobbys wurden ihr zu zeitintensiv. Oder sie hatte Angst, dass potenzielle Werbepartner abgeschreckt werden, wenn sie etwas Illegales tut. Deswegen betrieb sie zwei separate Internetseiten.«

»Und?«

»Jana Roth hat gesagt, dass Frauke Blöcher das beste Equipment hatte. Was, wenn Daniel Althaus auch ein zweites Benutzerkonto hat, damit sein Arbeitgeber nichts von seinem Hobby erfährt? Jetzt verliert er seine Freundin und dann die Internetpräsenz, wenn Frauke keine Bilder mehr machen will.«

»Also wurde sie ermordet, weil sie aufhören wollte, tolle Fotos zu machen, die die anderen mitbenutzen?«

»Wäre doch möglich, oder?«

»Ziemlich weit hergeholt. Vor allem, weil so ja jetzt definitiv keine neuen Fotos mehr entstehen. Und dieses Motiv könnte von den drei verbliebenen Kleinkriminellen ja jeder haben, inklusive Jana Roth.«

»Zumindest die hier könnte sich eine eigene Kamera leisten«, stellt Alex fest, während wir vor dem imposanten Gebäude in Erndtebrück parken, dessen Adresse Jana Roth uns gegeben hat. Der eingeschossige Bungalow wird von außen dezent angestrahlt. In den Fenstern hängen Lichterketten und anthrazitfarbene Weihnachtskugeln, die den Farbton der Fenster- und Türrahmen aufgreifen. »Architekturbüro Monika Sassmannshausen« steht im Milchglasfenster direkt neben der Eingangstür geschrieben.

»Eine Architektin als Urbexerin.« Alex schüttelt ungläubig den Kopf, während ich auf die Klingel drücke.

»Passend«, stimme ich ihm zu.

Monika Sassmannshausen ist schicker gekleidet als gestern in der Ratsschänke. Ihre blonden Haare hat sie lässig hochgesteckt. Unter der beigen Bundfaltenstoffhose trägt sie Stiefeletten. Eine dunkle Bluse, dezenter Goldschmuck und eine markante Lesebrille runden das Outfit ab. Lächelnd bittet sie uns herein, bevor wir uns vorgestellt haben. »Sie sind ein paar Minuten zu früh, aber das macht gar nichts. Mir nach!«

Überrascht sehen Alex und ich uns an. Ob Jana Roth uns angekündigt hat? Wir folgen Frau Sassmannshausen in ihr Büro. An der kleinen Sitzecke sind Kaffee und Wasser vorbereitet, wir lassen uns dort nieder. »Bedienen Sie sich!«, fordert sie uns auf, während sie an ihrem Schreibtisch ein paar Papiere zusammensucht.

Mit hochgezogenen Augenbrauen sieht Alex mich an, als ich mir eine Tasse Kaffee einschenke. »Du hattest den letzten vor einer halben Stunde«, murmelt er.

»Ich weiß«, gebe ich lächelnd zurück und deute auf den Tasseninhalt. »Es gibt nur einen halben«, beruhige ich ihn.

Seufzend greift er nach dem Wasser.

»Ich bin froh, dass es vor Weihnachten noch geklappt hat.« Monika Sassmannshausen lässt sich auf den freien Sessel fallen und bedient sich ebenfalls am Kaffee. »Wie schon telefonisch erläutert, würde ich vorschlagen, dass wir heute ganz ungezwungen über das Grundstück reden, das Sie erworben haben, und welche Gedanken Sie sich schon gemacht haben. Dann schauen wir, was wir zusammen damit anstellen.« Sie lächelt uns auffordernd an.

»Ich fürchte, hier liegt eine Verwechslung vor.« Alex zückt seinen Ausweis. »Alexander Fischer und Caroline König von der Polizei. Wir möchten mit Ihnen über Frauke Blöcher reden.«

»Oh.« Das Lächeln auf Monika Sassmannshausens Lippen gefriert. »Das ist so eine schlimme Geschichte«, sagt sie leise. »Ich mochte Frauke und ihre Videos.«

»Und Ihre gemeinsamen Besuche von verlorenen Orten«, füge ich hinzu.

Ihre Augen weiten sich. »Woher wissen Sie ...?«

»Das spielt keine Rolle. Wir ermitteln in einer Mordsache und machen uns deswegen über Frauke Blöcher und ihr Umfeld ein Bild. Dazu gehören auch Sie und Ihr gemeinsames Hobby.«

In diesem Moment klingelt es erneut an der Tür. »Ich denke, das sind meine Klienten.« Monika Sassmannshausen erhebt sich. »Können wir das Gespräch ein anderes Mal fortsetzen?«

»Sagen wir Montag früh um acht auf unserem Revier«, beschließe ich.

Frau Sassmannshausen nickt, und wir verabschieden uns.

Das Schweigen im Auto fühlt sich nicht normal an. Alex und ich müssen nicht jede Minute mit Gesprächen füllen, aber etwas stimmt nicht, das merke ich.

»Was ist los?«, frage ich, bevor die Stille zwischen uns noch unangenehmer wird.

»Dass du ihr das komplette Wochenende gibst, um sich eine Geschichte zu überlegen.« Alex schüttelt den Kopf. »Dabei kannst du sonst deine Antworten nie schnell genug bekommen.«

»Und wie viel es bringt, wenn wir die Leute unter Druck setzen, haben wir ja bei Jana Roth gesehen«, antworte ich. »Nicht zu vergessen bei Daniel Althaus, der jetzt von der Bildfläche verschwunden ist, obwohl er nach wie vor unser Hauptverdächtiger ist. Monika Sassmannshausen ist momentan unsere letzte Chance, mehr über Frauke Blöcher zu erfahren. Und darüber, wo sich Althaus aufhalten könnte.

Vielleicht gewinnt sie Vertrauen zu uns, weil wir ihr Zeit geben.« Aber ich muss schmunzeln, weil in der Tat sonst Alex derjenige ist, der mich bremst.

»Und dass wir damit eine Spur erkalten lassen könnten?« Ich spüre seinen Blick auf mir ruhen, während ich vor einer roten Ampel halte.

»Das Risiko müssen wir eingehen, fürchte ich. Aber sieh dir Monika Sassmannshausens Architekturbüro an. Sie scheint allein zu arbeiten. Alles hat seinen Platz, jeder Tannenzweig, jede Weihnachtskugel hängt genau dort, wie sie den meisten Eindruck machen. Glaub mir: Wenn eine der Lampen, die das Gebäude so toll anstrahlen, ausfällt, behebt sie das binnen Minuten. Lass dir ihren Empfang vorhin durch den Kopf gehen. Sie ist ein Mensch, der alles unter Kontrolle haben will. Sie zu überrumpeln, war nicht zu vermeiden. Aber ihr jetzt das Gefühl zu vermitteln, dass sie am Steuer sitzt, hilft uns.«

Alex' Blick wird weicher. Er nickt. Meine Antwort scheint ihn zufrieden zu stellen. Zumindest fürs Erste.

Samstag

»Was zur Hölle ist das?« Ich zeige auf das Gerippe, das im Wohnzimmer meiner Mutter steht.

»Das ist ein Weihnachtsbaum«, sagt sie und wirft die nächste Schicht Lametta über etwas, das mit viel Fantasie ein Zweig sein könnte.

»Das sieht aus wie ein Kleiderständer, den jemand im Dunkeln zusammengezimmert hat. Auf Koks!«

»Sei nicht so hart zu ihm. Er hat was Individuelles. Niemand hat einen solchen Weihnachtsbaum.«

»Niemand *will* so einen Weihnachtsbaum!« Ich setze mich aufs Sofa. Womöglich sieht das Ding aus dieser Perspektive ja besser aus. Nein, das wird nichts. Ich stehe wieder auf. »Warum hast du überhaupt schon einen Weihnachtsbaum aufgestellt?«

»Morgen ist der erste Advent.«

»Und? Seit ich mich erinnere, gab es hier immer erst am 23. Dezember einen Baum. Aber das lässt mich ja hoffen.

Vielleicht bist du das Teil ja bis dahin leid und besorgst dir einen Baum, der den Namen verdient.«

»Ich habe gedacht, ich orientiere mich an meiner Tochter.« Sie grinst.

Alex und ich haben uns heute Morgen einen Weihnachtsbaum besorgt. Gestern haben wir beschlossen, ihn am ersten Advent aufzustellen und zu schmücken.

»Das Ding aufzustellen, musst du vorher entschieden haben«, gebe ich deswegen zurück. »Und sag mir jetzt bloß nicht, es gab keine schöneren Bäume mehr.« Ich greife in die Kiste mit dem Baumschmuck. »Seit wann benutzt du Lametta?«

Meine Mutter nimmt mir ein wenig davon aus der Hand und verteilt es über dem Baum. »Ich wollte dieses Jahr mal was anderes«, gibt sie zu.

»Aha. Andere Frauen gehen zum Friseur, wenn sie mal was anderes möchten, du besorgst dir vier Wochen vor Weihnachten einen Möchtegernbaum und Lametta. Das Ergebnis sieht in beiden Fällen nicht immer toll aus.«

Meine Mutter tritt einen Schritt zurück und betrachtet ihr Werk mit ein wenig Abstand. Zufrieden nickt sie, bevor sie sich aufs Sofa mir gegenüber setzt. »Ich mag ihn.«

»Das ist das Wichtigste.« Dann fällt mir ein, was Frauen in der Regel damit meinen, wenn sie »etwas ändern« möchten. Ich sehe meine Mutter aufmerksamer an. »Ist alles okay?«, frage ich.

Sie lacht auf. »Weil ich einen Baum ausgesucht habe, der nicht künstlich aussieht? Ja, mein Kind, es ist alles okay.«

»Du würdest mir sagen, wenn etwas nicht stimmt, oder?«

»Was soll denn nicht stimmen, Caro?«

»Das frage ich ja dich!«

Meine Mutter schüttelt den Kopf und schnalzt mit der Zunge. Doch dann steht sie auf und setzt sich neben mich, um mich kurz, aber liebevoll an sich zu ziehen. »Seit du wieder in Laasphe wohnst, ist alles mehr als in Ordnung«, murmelt sie in mein Haar. »Und jetzt mach dich auf zum Weihnachtsmarkt, die anderen warten schon auf dich.«

Trotz der recht kurzen Strecke von der Ostpreußenstraße bis zur Königstraße bin ich durchgefroren und heilfroh, dass ich meine Mütze nicht vergessen habe. Doch die Luft ist trocken. Obwohl ich mich über ein wenig Schnee gefreut hätte, ist das das perfekte Wetter für den Weihnachtsmarkt. Auf der Königstraße tummeln sich die Massen und lassen sich gebrannte Mandeln, Crêpes oder Currywurst schmecken. Kinder lachen auf dem kleinen Karussell oder zeigen begeistert auf den Stand mit Lebkuchenherzen. Sämtliche Häuser sind mit Lichterketten versehen. Die Straßenlaternen werden von Tannengrün geschmückt. Diese Atmosphäre zaubert mir sofort ein Lächeln ins Gesicht.

Wie nicht anders zu erwarten, finde ich Alex und Sabine in der Nähe des Glühweinstands. »War ja klar, dass ihr hier seid«, begrüße ich die beiden grinsend.

»Es ist verdammt kalt«, verteidigt Sabine sich.

»Wir haben auf dich gewartet«, fügt Alex hinzu. »Obwohl ich bei der Kälte gern schon einen Glühwein getrunken hätte.«

»Habt ihr wenigstens schon bestellt?«, höre ich eine vertraute Stimme hinter mir.

»Hi, Murat!«

Wir vergrößern unseren Kreis, damit er Platz bei uns findet.

»Ich bin gerade erst gekommen, und Sabine und Alex haben nur sinnlos rumgestanden, statt uns Glühwein zu besorgen«, beantworte ich seine Frage.

»Das ist eine bodenlose Frechheit!«, beschwert Sabine sich

und zieht mich am Ärmel hinter sich her. »Dann hilf mir jetzt wenigstens tragen.«

Am Glühweinstand reihen wir uns in der kleinen Schlange ein. Die Frau vor uns bestellt zwei Glühwein und einen Kinderpunsch.

»Die da sind normal, der da ist ohne, junge Frau.« Der Verkäufer stellt drei Tassen vor auf der Theke ab. Grinsend sehen Sabine und ich uns an.

»Jung ist relativ«, gibt die Frau zurück, während sie nach ihrer Beute greift.

»Ach, kommen Sie schon. Sie sehen doch aus wie 15!«

»15? Wollen Sie noch mal 15 sein? Im Ernst?«

»Warum denn nicht?«

»In dem Alter war ich ständig unglücklich verliebt und konnte mir noch nicht mal ein Rührei machen, ohne die ganze Küche zu versauen. Ich bin froh, dass diese Zeit vorbei ist.« Grinsend macht die Frau Platz für uns.

»Heute kriegt die in der Küche mehr hin als nur Rührei«, raune ich Sabine zu, nachdem ich bestellt habe. »Das war doch die Kellnerin aus der Ratsschänke«, füge ich hinzu, als sie mich ratlos ansieht. »Mehr als Rührei können wir hoffentlich alle«, schaltet der Verkäufer sich ein. »Aber jetzt kann ich nur mit was anderem dienen.«

Lachend bestellen wir und freuen uns auf einen schönen Abend.

Sonntag

Mein Kopf dröhnt und ich habe unglaublichen Durst.

»Guten Morgen!«, begrüßt Alex mich, eine Tasse mit frischem Kaffee in der einen, und eine Schmerztablette in der anderen Hand.

»Morgen«, erwidere ich und spüle die Tablette mit Kaffee herunter. »Noch eine Tasse hat sie gesagt. Nur noch ein Glühwein, und dann würden wir nach Hause gehen. Wie viele waren das gestern?«

Alex zuckt mit den Schultern. »Für Sabine und dich? Ich hab nicht gezählt, aber es waren viele. Sehr viele. Irgendwann habt ihr angefangen, zu philosophieren, ob ihr noch mal 15 sein wollt. Merkwürdig. Gelallt habt ihr nicht, aber ich verstand trotzdem nicht, was ihr da redet.«

Ich erinnere mich dunkel an unser Gespräch und muss lachen, auch wenn ein schmerzhaftes Pochen in meinen Schläfen mich daran erinnert, dass das keine gute Idee ist. »Wie ist sie nach Niederlaasphe gekommen?«, frage ich.

»Wir haben sie auf dem Nachhauseweg in ein Taxi gesetzt. Auf unserem Sofa schlafen wollte sie nicht.« Alex sieht mich mitleidig an. »Ich kann dir Rührei machen. Funktioniert immer als Katerfrühstück.«

Ich pruste den Kaffee über meinen Schlafanzug.

»Könntest du mir mal verraten, was daran so witzig ist?«

Ich wische mir mit dem Schlafanzugärmel den Mund ab. »Leider nicht. Aber ich hätte gern ein Rührei. Und danach bin ich hoffentlich fit genug, um den Weihnachtsbaum zu schmücken.«

Nachdem ich meinen Schlafanzug in den Wäschekorb befördert und kalt geduscht habe, fühle ich mich schon besser. Alex hat in der Küche nicht nur Rührei, sondern auch Speck und Brötchen vorbereitet. »Hab ich dir gesagt, dass ich dich liebe?«, frage ich ihn, während ich Besteck aus dem Schrank hole.

»Heute noch nicht.« Lächelnd verteilt er den Pfanneninhalt auf unseren Tellern und setzt sich zu mir. »Nach dem Frühstück hole ich den Baumständer aus dem Keller und wir entscheiden endgültig, wohin wir den Weihnachtsbaum stellen, okay?«

Ich nicke. »Wir könnten ja ...«

»Nein, wir werden den Baum nicht erst irgendwo aufstellen und ihn dann in eine andere Ecke schieben«, unterbricht Alex mich. »Das machen wir mit dem Ständer, aber nicht, wenn der Baum drinsteht.«

»Ist ja schon gut.« Ich hebe die Hände. »Um mich mit dir zu streiten, bin ich zu verkatert.«

»Wenigstens ein Vorteil.« Er nickt zufrieden und steht schon auf, um in den Keller zu gehen, doch ich halte ihn zurück.

»Lass uns kurz über Heiligabend sprechen«, bitte ich ihn.

»Ich bin ganz Ohr.«

»Dass meine Mutter hier mit uns feiert, war ja abgesprochen.«

»Und wenn ich das glaube, was du mir über ihren Weihnachtsbaum erzählst, kann das ja nur die richtige Entscheidung sein.«

»Ja. Ich habe außerdem noch was anderes entschieden.«

Aufmerksam sieht Alex mich an.

»Ich habe Sabine eingeladen.« Ich beiße die Zähne zusammen und mache mich auf ein Donnerwetter gefasst. »Ich weiß, ich hätte das nicht allein entscheiden sollen, aber ...«

»Das war doch klar«, fällt er mir ins Wort.

Ich stutze. »War es das?«

»Sie hat doch sonst niemanden. Ich habe nur darauf gewartet, dass du mir endlich mal Bescheid gibst. Es ist früh genug, da können wir mehr Zutaten fürs Raclette einkaufen. Einen Tag vor Heiligabend wäre die Info nicht mehr so toll gewesen.«

Erleichtert atme ich auf. »Du bist der Beste.«

»Genau deswegen kümmere ich mich jetzt um den Christbaumständer.« Alex grinst und macht sich auf in den Keller.

Während ich das Geschirr in die Spülmaschine räume, höre ich sein Diensthandy aus dem Nebenzimmer klingeln. Ich bin mir sicher, dass Alex heute keine Schicht hat, sonst hätten wir darüber geredet. Dass man ihn trotzdem anruft, ist umso bedenklicher. Bevor ich weiter nachdenke, renne ich ins Arbeitszimmer, greife nach dem Handy und gehe ran. Es ist die Handynummer von Karl Achenbach, eines Kollegen, der heute Dienst auf der Straße schiebt. Wir sind einander bis jetzt erst ein-, zweimal über den Weg gelaufen. »Alexander?«, fragt er mit näselnder Stimme.

»Hier ist Caro König«, antworte ich.

»Na ja, Frau König, dass Sie ans Handy Ihres Vorgesetzten gehen, entspricht nicht so der Dienstvorschrift, oder?« Dass der Kollege mich siezt, finde ich komisch, aber ich habe ihm schon mehrfach das Du angeboten. Vielleicht richtet Alex ja eine Weihnachtsfeier aus und Achenbach taut dann ein wenig auf.

»Nein«, gebe ich zu. »Aber Herr Fischer ist gerade verhindert.«

»Wir haben hier eine männliche Leiche. Größe, Alter und Merkmale stimmen mit der Fahndung überein, die Sie geschaltet haben.«

Mein Herzschlag beschleunigt sich. Ich atme tief ein. »Wo?«, frage ich mit heiserer Stimme und lasse mich auf meinen Stuhl sinken. Mein Notizbuch ist nicht greifbar, also bekritzele ich die Rückseite unseres Einkaufszettels.

Alex betritt die Küche, als ich sein Handy zur Seite lege. »Keine Zeit mehr für den Weihnachtsbaum«, sage ich. »Wir müssen los.«

Alex sitzt am Steuer und lässt sich von unserem Kollegen über die Freisprechanlage lotsen. Den Weg nach Feudingen hätte er ohne Hilfe gefunden. Doch den schmalen Waldweg auf der rechten Seite kurz hinter dem Ilsetalparkplatz kann man leicht übersehen. Ein paar hundert Meter können wir im Schritttempo weiterfahren, dann sehen wir Karl Achenbach am Waldrand stehen, das Handy ans Ohr gepresst. Er bedeutet uns, das Auto hinter seinem abzustellen.

»Ab hier geht's nur zu Fuß weiter«, erklärt er. Wir folgen ihm auf dem Trampelpfad tiefer in den Wald. Erst nach ein paar Hundert Metern wird der Weg ein wenig breiter.

»Früher haben hier bestimmt Autos durchgepasst«, erklärt uns Achenbach und zeigt auf die Lampen, die zugewachsen am Wegesrand erkennbar sind. Teilweise liegen die Leuchten abgerissen im Gebüsch. Auf einer von ihnen erkenne ich ein Bild mit der Aufschrift »Die guten Geister von Feudingen«.

Dann fällt mein Blick auf ein völlig verrostetes Fahrrad ein paar Meter entfernt. Wie lange liegt das alles hier schon? Ich laufe weiter. Vor einer mit Efeu zugewachsenen Ziegelmauer, an der alte Wagenräder lehnen, bleibt Achenbach stehen. Das könnte eine Einfahrt gewesen sein, aber hier liegt buchstäblich kein Stein mehr auf dem anderen.

»Jetzt heißt es klettern.« Er streckt mir die Hand entgegen.

»Ich kriege das hin«, beruhige ich ihn, ziehe mich an der Mauer hoch und lande im Hof. Linker Hand steht in der Garage ein Auto, das seit Jahren keine Straße mehr gesehen hat. Die Heckklappe fehlt, das Lenkrad ebenfalls. Auch hier lehnen jede Menge Wagenräder an den Wänden. Ich muss aufpassen, nicht über Ziegelsteine zu fallen, die sich von der Mauer gelöst haben und überall im Weg herumliegen. Nebenan stehen Futterstellen und eine Schubkarre, an der eine verrostete Mistgabel lehnt. Früher war hier ein Stall, vermute ich. Achenbach biegt links ab und wir befinden uns vor dem verwitterten Haupthaus.

»Jetzt geht es in den Keller«, kündigt er an und taucht unter dem Absperrband hindurch. »Passen Sie auf, wo Sie hintreten.« Er zieht sein Handy aus der Tasche und schaltet die Taschenlampe an.

Sobald ich den Raum betrete, schlägt mir ein unfassbarer

Gestank entgegen. Es riecht nach Moder und verschimmelten Lebensmitteln. Ich höre Alex neben mir würgen. »Lächeln hilft gegen Brechreiz«, sage ich zwischen zusammengebissenen Zähnen und zwinge mich, durch den Mund zu atmen. Als mein Magen sich ein wenig beruhigt hat, starre ich auf den Boden vor mir: Überall liegt Krempel. Leere Verpackungen von Fertigsalaten und Waschmittel, ausgelaufene Bierdosen, zersprungene Fliesen, ein kaputter Besen. An den Wänden lehnen rostige Fahrräder und ein Gaststättenschild mit dem Logo von Bosch-Bier, das mindestens 30 Jahre alt ist. Ich spüre Alex' Hand in meinem Rücken und mir wird klar, dass ich mich keinen Meter bewegt habe. »Ist frisch hier«, murmele ich, doch nicht nur die Kälte sorgt für die Gänsehaut auf meinen Armen und im Nacken.

Vorsichtig klettere ich hinter Achenbach die ausgetretenen Stufen hinauf ins Erdgeschoss, vorbei an einem Paar Gummistiefeln, einer Jacke am Geländer und mehr Gegenständen und Müll auf dem Boden, als mein Gehirn auf die Schnelle erfassen kann. Je tiefer ich ins Haus vordringe, desto modriger riecht es. Immer wieder bleibe ich kurz stehen, um meinem Magen die Chance zu geben, sich zu beruhigen. Von den Wänden hängt die Tapete in Fetzen. Kalender aus verschiedenen Jahren liegen überall verstreut. Anscheinend ist das eine Art, wie Urbexer sich an Orten wie diesem verewigen.

Wir sind im Wohnzimmer angekommen. An der Wand steht eine Vitrine, gefüllt mit einem Kaffeeservice aus hauchdünnem Porzellan. Was das wohl wert ist? Am Fenster, das einmal mit Holz verrammelt war, steht ein Sessel, auf dem Tisch davor liegt eine Ausgabe der Hinterländer Zeitung aus dem Jahr 2009, daneben eine der Porzellantassen. Der Boden drum herum wirkt aufgeräumt. Offensichtlich hat hier jemand Hand angelegt, um ein gutes Fotomotiv zu erhalten.

»Ich bin nebenan im Schlafzimmer«, höre ich Achenbach rufen.

Wieder bin ich stehen geblieben, völlig überfordert von den ganzen Eindrücken. Ich versuche, alles andere um mich herum auszublenden, und folge Alex zurück in den vollgestellten Flur.

Im Schlafzimmer liegt er rücklings auf dem Bett: Daniel Althaus. Die leblosen Augen starren an die Decke, der dunkelgraue Kapuzenpullover ist am Bauch von altem Blut dunkelbraun verfärbt. Die Totenstarre scheint schon vorangeschritten zu sein, Augen und Kiefer werden sich nicht mehr schließen lassen.

»Warum direkt die Polizei und nicht der Rettungsdienst gerufen wurde, ist klar«, meint Achenbach. »Hier kam jede Hilfe zu spät.«

»Spannend wäre zu wissen, wer die Polizei gerufen hat«, sagt Alex. »Am Ende war es unser Mörder.«

»Oder jemand mit demselben Hobby wie das Opfer. Dieses Haus ist in der Szene recht bekannt«, erklärt Achenbach. »Nennt sich das Haus der verlassenen Geliebten.«

»Wie kommt das?«, will ich wissen.

Achenbach zeigt auf den Schrank, der gefüllt ist mit Kleidern, Röcken und Blusen. »Wenn Sie sich hier umsehen, finden Sie jede Menge Frauenkleidung. Dann das Porzellan im Wohnzimmer. Überall Spitzendeckchen, im Bad Fliesen mit Blumenmotiv. Ein paar Räume weiter stehen ein Spinnrad und eine Nähmaschine. Man kann sich gut vorstellen, dass hier eine Frau gelebt hat. Männerkleidung finden Sie keine, aber überall Bilder desselben Mannes.« Achenbach deutet auf den Nachttisch. Neben einer alten Lampe stehen gleich drei Schwarzweißfotos. Vielleicht wurden die von Urbexern dort deponiert. Oder besagte unglückliche Geliebte hat einen Schrein errichtet.

»Man munkelt, dass der Mann auf den Bildern mit der Bewohnerin dieses Hauses eine Affäre hatte, er am Ende aber doch bei seiner Frau geblieben ist«, fährt Achenbach fort. »Die Geliebte ist einen einsamen Tod gestorben, ohne Nachfahren, sodass Haus und Hof mit der Zeit verfielen. Angeblich findet man hier in manchen Zimmern Liebesbriefe, die sie in ihrer Verzweiflung an ihn verfasst hat. Keine Ahnung, ob an der Geschichte was dran ist. Das hat mich bislang nicht interessiert. Aber diese kitschige Erzählung hat dem Haus seinen Namen verschafft.«

»Wenn ein Schleicher Althaus' Leiche entdeckt hat, würde das erklären, warum er nicht am Tatort geblieben ist. Es war illegal, hier einzudringen«, rätsele ich. »Aber man sollte doch einschätzen können, dass es wichtiger ist, bei einem Leichenfund als Zeuge vor Ort zu bleiben, und dass Hausfriedensbruch in diesem Fall keine Rolle spielt.«

»Murat muss versuchen, die Nummer zurückzuverfolgen, von der der Notruf abgesetzt wurde.« Alex zieht sein Handy hervor. »Und in der Zwischenzeit brauchen wir Ingrid für die Spurensicherung und Carl Schröder von der Rechtsmedizin.« Beim Wort »Spurensicherung« müssen wir alle drei an uns halten, um nicht loszulachen. Ingrid wird ausrasten, wenn sie dieses Chaos sieht. Carl Schröder wird uns eher weiterhelfen können.

Mein Blick fällt auf die Wunde in Daniel Althaus' Bauch. Mich würde nicht überraschen, wenn es sich bei der Tatwaffe wieder um einen Dolch handelt.

Ein halbes Jahr ist vergangen, seit meine Mutter gestorben ist. Mittlerweile bin ich mir sicher, dass sie von ihrer Krankheit bereits letztes Jahr Weihnachten wusste. Andernfalls hätte sie mir das Hotel so schnell nicht überschrieben. Innerhalb eines Jahres habe ich beide Elternteile verloren. Ohne dich hätte ich es nicht geschafft. Du hast mich immer mitgezogen, mich immer wieder aufgebaut und ermutigt, nach vorne zu sehen.

Jetzt stehst du neben mir, während ich die Tische im Gastraum mit Tannenzweigen und kleinen Glaskugeln schmücke. Heute Abend richten wir gleich drei Weihnachtsfeiern aus. Ich höre ihn in der Küche letzte Vorbereitungen treffen.

»Ist alles okay zwischen euch?«, fragst du.

Anderen Menschen wäre ich deswegen böse, aber du darfst mich so etwas fragen, und das weißt du. Ich schlucke.

»Er war wieder spielen«, höre ich mich sagen. „Ich bin froh, dass zur Weihnachtszeit mehr Leute hier essen kommen. Wir können das Geld gut gebrauchen.«

»Das geht so nicht weiter! Ihr könnt euch nicht von Weihnachts-

feier zu Weihnachtsfeier hangeln und nie eine müde Mark übrigha-
ben.«

Ich zerknülle eine Serviette in der Hand. »Was soll ich denn dei-
ner Meinung nach tun?«, zische ich. »Ich liebe ihn. Und ich brau-
che ihn. Wer soll mir denn sonst hier unter die Arme greifen? Du
etwa?«

Du siehst aus, als hätte ich dich geschlagen. In letzter Zeit
kommst du seltener hierher, und das hat seine Gründe: Im Gegen-
satz zu mir hast du nichts geerbt, sondern baust dir dein eigenes
Leben auf. Trotzdem warst du im letzten Jahr immer für mich da.
Du verbringst jede freie Sekunde hier im Restaurant, an der Rezep-
tion, oder am Klavier. Auch heute Abend willst du ein paar Weih-
nachtslieder spielen, während die Gäste hier essen.

»Das war nicht fair«, murmele ich. »Es tut mir leid.«

»Du musst ihm zeigen, dass es so nicht weitergeht«, beharrst
du. »Zur Not musst du Geld zur Seite schaffen, von dem er erst gar
nicht weiß.«

Ich lasse mir deine Worte einen Moment lang durch den Kopf
gehen, während ich weiter Servietten falte und auf Tellern drapiere.

»Gar keine schlechte Idee«, sage ich und lächle dir zu. Wie im-
mer weißt du, was genau ich in diesem Moment brauche, und sei es
nur ein kleiner Tipp, wie es jetzt weitergehen könnte.

»Was ist keine schlechte Idee?« Plötzlich steht er im Gastraum und schaut uns erwartungsvoll an.

Montag

»Das ist ein Baum, der die Bezeichnung verdient.« Zufrieden begutachte ich unser Werk. Nachdem Alex und ich den Weihnachtsbaumständer von einer Ecke in die andere geschoben haben, steht die Nordmanntanne jetzt links neben unserem Sofa, an der Wand gegenüber vom Kamin. Dort wird sie hoffentlich die Zeit bis Weihnachten unbeschadet überstehen. Wir haben den Baum gestern Abend aufgestellt. Eigentlich waren wir nicht in Weihnachtsstimmung und schoben lustlos die Asianudeln auf unseren Tellern hin und her, die ich kurz mit ein wenig Gemüse in der Pfanne erwärmt hatte. Da hörten wir sie: die Trompete auf dem Feuerwehrturm. Nach »Freude schöner Götterfunken« spielte sie »Ihr Kinderlein kommet«. Und obwohl wir von unserer Wohnung aus den Turm nicht sehen können, wussten wir, dass darauf das erste Licht brennen würde. In jeder der vier Ecken steht eine elektronische Kerze, an jedem Adventssonntag leuchtet eine mehr und es gibt ein kleines Konzert.

»Heute ist der erste Advent«, murmelte Alex.

Ich schloss die Augen und ließ die Musik einen Moment auf mich wirken. Dann erhoben wir uns wortlos. Ich holte den Ständer, Alex den Baum. Wir waren uns einig: Dieser Mörder würde uns nicht den Abend vermiesen.

Jetzt stehen wir vor unserem Weihnachtsbaum. Noch ist er ungeschmückt. Er sollte sich über Nacht aushängen. Die Kisten mit Kugeln, Strohsternen und der Lichterkette haben wir gestern schon aus dem Keller geholt, sie stehen auf dem Boden bereit. Heute Abend werden wir zur Tat schreiten, egal, was der Tag so bringt.

»Er ist jetzt schon schöner als das Gerippe, das bei meiner Mutter steht«, sage ich grinsend.

»Wenn wir fertig sind mit Schmücken, laden wir sie ein«, beschließt Alex. »Sie hat noch vier Wochen Zeit, sich einen richtigen Baum zu besorgen. Ist sie nicht sowieso früh dran dieses Jahr?«

»Ist sie. Ich verstehe das nicht. Früher haben wir den Weihnachtsbaum erst kurz vor Heiligabend aufgestellt. Es gab nie Lametta. Und es war immer ein Baum, der nicht aussah wie ein Schirmständer. Vielleicht geht es ihr nicht gut. Ich werde diese Woche nochmal nach ihr sehen.«

Beim Blick auf die Uhr wird uns allerdings klar, dass wir jetzt erst mal aufs Präsidium müssen.

Monika Sassmannshausen sieht müde aus. Das blonde Haar fällt ihr strähnig über die Schultern. Heute trägt sie dunkle Jeans und einen lockeren Pullover und wirkt darin irgendwie verkleidet. Als hätte sie mit ihrer Bluse und dem Goldschmuck am Freitag auch einen Teil ihrer Identität abgelegt. Unsicher wandern ihre Augen durch das Vernehmungszimmer. Ihre Hände umklammern den Becher mit Kaffee, daraus getrunken hat sie bis jetzt nicht. Auch ich habe eine Kaffeetasse in der Hand, habe mir aber schon vorgenommen, bewusster darauf zu achten, wie viel Kaffee ich trinke. Alex spricht mich nicht umsonst so oft auf meinen Konsum an. Jetzt konzentriere ich mich aber auf mein Gegenüber.

»Seit wann waren Sie und Frauke Blöcher befreundet?«, beginne ich unser Gespräch.

»Wir kannten uns, wie man sich hier auf dem Land eben kennt.«

»Das stimmt so nicht. Sie waren beide Teil der Kleinkriminellen.« Ich male mit meinen Fingern Anführungszeichen in die Luft. »Das ist ein bisschen mehr als nur miteinander bekannt sein.«

Frau Sassmannshausens Augen wandern hinunter zu ihrem Kaffee. Einen Moment lang sieht sie schweigend in ihren Becher. Immer noch trinkt sie nicht davon. Irgendwann stellt sie ihn auf dem Tisch ab und fährt sich mit den Händen über die Augen. »Sie haben recht«, gibt sie zu. »Wir hatten dasselbe Hobby und das schon seit Jahren. Wir sind immer wieder zusammen losgezogen.«

»Was macht dieses Hobby so besonders?«

»Für mich als Architektin ist es einfach schön zu sehen, wie sich die Art, Gebäude zu bauen, weiterentwickelt hat. Was wir heute anders oder besser machen, oder was früher viel schöner war. Sehen Sie sich die Fachwerkhäuser in den Altstädten Südwestfalens und Hessens an. Freudenberg, Dillenburg, Marburg oder die Königstraße hier in Laasphe. Diese Häuser hatten viel mehr Charakter als die Neubauten heute. Oft haben die Menschen es geschafft, mehr Wohnfläche auf kleinem Raum unterzubringen.« Ihre Augen fangen an zu leuchten. »Ich versuche, diesen Aspekt in meine Gebäudeentwürfe mit einfließen zu lassen. Dafür genügt es nun mal nicht, sich die alten Bauten von außen anzusehen. Ich muss rein, ich muss mir Anregungen holen, wie die Menschen damals gewohnt haben, um dann zu sehen, was heute umgesetzt werden kann und wo es bessere, moderne Alternativen gibt. Meine Kunden sind begeistert.«

»Haben Ihre Freunde dieselben Gründe, sich diese verlassenen Häuser anzusehen?«

Frau Sassmannshausen überlegt. »Daniel hat ähnlich wie ich nostalgische Gründe. Ich glaube, Frauke ging es darum, den Verfall hautnah mitzuerleben und festzuhalten, was andere Schleicher verändern. Sie suchte immer dieselben Orte auf und entdeckte jedes Mal etwas Neues. Diese Veränderungen hat sie fotografiert und online gestellt. Vieles von ihrem Leben spielte sich zuletzt in den sozialen Medien ab. Sie ging nirgendwo hin ohne ihre Kamera. Jana war davon begeistert, allein weil Frauke immer neue Orte fand. Sie war wahnsinnig gut vernetzt. Ich lasse die Eindrücke in einem alten Gebäude einfach auf mich wirken. Dieses Gefühl, wenn man darin steht und sich vorstellt, wie sich hier früher das Leben abspielte, kann sowieso keine Kamera festhalten. Die Faszination für diese Orte hatten wir alle schon immer gemeinsam, egal aus welchen Gründen.«

»Seit wann waren Sie zu viert unterwegs?«

»Wir waren schon lange unzertrennlich. Abgesehen von

unseren Streifzügen haben wir uns ungefähr einmal im Monat in der Ratsschänke getroffen, um Fotos und Erfahrungen auszutauschen.« Eine einzige Träne rinnt über ihre Wange, doch sie ignoriert sie.

»Blieb alles so, als Frauke Blöcher sich von Daniel Althaus getrennt hat?«

»Es wurde kompliziert, vor allem für Daniel. Für Frauke wirkte es unproblematisch, von einem auf den anderen Tag platonisch mit ihm befreundet zu sein. Daniel konnte den Schalter nicht so schnell umlegen wie sie. Jana und ich haben versucht, zwischen ihnen zu vermitteln. Aber irgendwann sind wir auf Distanz gegangen. Wir wollten nicht ständig zwischen die Fronten geraten. Letzten Endes mussten die beiden eine Lösung für ihr Problem finden.«

»Das heißt, die beiden hatten nichts mehr miteinander zu tun?«

»Wir alle hatten auf einmal weniger Kontakt. An den Wochenenden bin ich immer mal mit Frauke losgezogen, aber ihre Besuche in der Ratsschänke hatte sie in den letzten Wochen fast komplett eingestellt. Jana und Daniel haben sporadisch was unternommen. Aber insgesamt sahen wir alle uns weniger, als hätte Frauke unsere Gruppe zusammengehalten. Letzte Woche war das erste Mal seit Langem, dass wir drei uns wieder getroffen haben. Wir wollten über Frauke reden. Wir waren alle fassungslos über ihren Tod.« Monika Sassmannshausen kramt nach einem Taschentuch, um sich die Tränen wegzuwischen.

»Haben Sie eine Idee, wer ihr das angetan haben könnte?«

»Nein. Manche der Kommentare, die sie auf ihre Fitness-Videos bekam, waren übel. Das gehört leider dazu, wenn man im Internet präsent ist. Da fühlen die Leute sich sicher und schreiben schnell Beleidigungen, wenn ihnen etwas nicht passt. Aber Frauke wegen ihrer Videos zu ermorden? Das glaub ich nicht.«

»Und wegen Ihres gemeinsamen Hobbys?«

Monika Sassmannshausens Augen weiten sich. »Glauben Sie, das könnte ein Motiv sein?«

»Hat Frauke deswegen Bedrohungen oder Anrufe erhalten?«

»Nicht, dass ich wüsste. Daniel ist mal angezeigt worden, aber das ist schon Jahre her.«

»Wann hatten Sie zum letzten Mal Kontakt zu Herrn Althaus?«, will ich wissen.

»Wie gesagt, letzte Woche.«

»Am Wochenende haben Sie nichts von ihm gehört?«, hake ich nach.

»Nein, das sagte ich doch schon. Kann ich jetzt gehen? Ich habe heute Vormittag einen Termin.«

»Sagt Ihnen das Haus der verlassenen Geliebten etwas?«

»Das ist kurz vor Feudingen. Relativ leicht zugänglich, und es gibt viel zu entdecken.« Frau Sassmannshausen kneift die Augen zusammen. »Warum wollen Sie das wissen?«

»Waren Sie schon mal mit Daniel Althaus dort?«

»Natürlich.« Monika Sassmannshausen lehnt sich nach vorn. »Seit der Trennung von Frauke fährt er oft dorthin, glaube ich«, verrät sie mir in verschwörerischem Ton. »Ich vermute, er kann sich mit der Geschichte der verlassenen Geliebten identifizieren. Oder er hatte ein besonderes Erlebnis dort mit Frauke. Jedenfalls spricht er häufig davon in letzter Zeit, wenn wir uns mal sehen.«

Ich greife nach meiner Ponysträhne und ziehe sie über das Muttermal auf der Stirn. Soll ich Monika Sassmannshausen erzählen, dass Daniel Althaus umgebracht wurde? Sie sieht mich abwartend an. Wartet auf die nächste Frage. Oder darauf, dass sie gehen darf. Ich erhebe mich. »Danke für Ihre Zeit«, beende ich unser Gespräch und begleite sie zum Ausgang.

Alex, der hinter der Scheibe alles mitverfolgt hat, sieht mich fragend an.

»Sie kennt Daniel Althaus. Sie kennt Frauke Blöcher. Sie kennt das Haus der verlassenen Geliebten. Und sie hat ein Handy.« Ich seufze. »Auch wenn es nicht besonders wahrscheinlich ist, will ich erst wissen, ob sie den Notruf abgesetzt hat, bevor ich ihr verrate, dass Daniel Althaus tot ist. Dann hätte Frau Sassmannshausen uns einiges zu erklären.«

»Wie soll ich in dem Haus denn herausfinden, welche Spur relevant für unseren Fall ist?« Ingrid klingt gleichzeitig verzweifelt und wütend. Gestern hat sie Bilder vom Tatort gemacht und soll gleich zur gründlichen Begehung ins Haus der verlassenen Geliebten aufbrechen. Wie schon erwartet, ist sie alles andere als begeistert. »In dem Chaos nehme ich ja nächstes Jahr noch Fingerabdrücke!«

»Konzentrier dich auf den Raum, in dem Daniel Althaus' Leiche gefunden wurde«, erwidert Alex. »Mehr können wir bei der Anzahl an Leuten, die dort ein und aus gehen, nicht tun.«

Er wendet sich Murat zu, der unfassbar müde aussieht. Ich weiß nicht, wann er sich das letzte Mal rasiert hat. War er in den letzten Tagen überhaupt zu Hause? Immer wenn ich auf die Wache gekommen bin, war er schon hier.

»Wir sollten im Laufe des Tages wissen, von welcher Handynummer aus der Notruf abgesetzt wurde.« Murat fährt sich über die Augen und nimmt einen Schluck aus seiner

Dose Red Bull. Kaffee allein hält ihn wahrscheinlich schon nicht mehr wach.

»Ich bin dir unendlich dankbar für deine Arbeit in den letzten Tagen«, lässt Alex ihn wissen. »Und ich weiß, dass auch du Prioritäten setzen musst. Heute werden Frauke Blöchers Online-Konten gelöscht. Konzentrier dich auf das Konto, das sie für die Besuche der Lost Places angelegt hat. Ich denke, wir sind uns einig, dass die Morde nichts mit ihrem Fitness-Konto zu tun haben. Und obwohl wir noch keine Rückmeldung von Carl Schröder aus Siegen haben, gehen wir davon aus, dass es sich um denselben Täter handelt, oder?« Alex sieht abwartend in die Runde. Nachdem wir zustimmend gegrummelt haben, fährt er fort: »Such nach Gemeinsamkeiten mit dem Konto von Daniel Althaus. Mach eine Liste der gemeinsamen Follower. Althaus' Konto ist noch sechs Tage länger aktiv. Dadurch haben wir Zeit, zu sehen, wer hinter den Leuten steckt, die sich für beide interessiert haben.«

Eine halbe Stunde später stehen Alex und ich vor Daniel Althaus' Wohnung. »Immer rein in die gute Stube«, sagt der Kollege, der die Tür für uns geöffnet hat, und tritt einen

Schritt zurück. Alex nickt mir zu, also gehe ich voraus. Im Flur stapeln sich die Sportschuhe. Zig atmungsaktive Jacken hängen an der Garderobe, darunter finden wir ein paar Hundeleinen für Balu. Ich biege rechts ab ins Bad, während Alex ins Wohnesszimmer gegenüber vordringt. In den Badschränken finde ich nichts Besonderes und ziehe weiter ins Schlafzimmer rechts daneben. Der Kleiderschrank füllt eine komplette Wand aus. In der Ecke neben der Tür steht eine Hantelbank, darauf liegen Therabänder und andere Sportutensilien. Mein Blick fällt auf das ungemachte Boxspringbett und auf das Bild darüber: Ein kaputtes Klavier – das gleiche Bild, das in Frauke Blöchers Wohnzimmer hing, dieses Mal in Farbe. Das Holz, aus dem das Instrument gebaut ist, ist verwittert, der Klangkasten freigelegt. Manche der Tasten fehlen und die, die vorhanden sind, sind rot angelaufen. Auch hier hängt ein weiteres Bild an der Wand: Es zeigt die zerknitterten Notenblätter, die um das Instrument verstreut auf dem Boden liegen. Ich trete näher heran. »The Sound of Silence« steht auf einem von ihnen. Ein Lied von Simon and Garfunkel aus den 60er-Jahren. Sofort habe ich die Melodie im Kopf. Ich bin mir allerdings sicher, dass im Haus der verlassenen Geliebten kein Klavier stand. Also muss das Paar diese Bilder an einem anderen Ort gemacht haben. Aber wo? Offensichtlich bedeuteten sie beiden etwas, da Frauke Blöcher sie selbst nach der Trennung von Althaus nicht abgehängt hat. Ich knipse ein Foto mit meinem Handy. Vielleicht findet Murat etwas dazu auf einem der Online-Konten.

»Dich faszinieren die verlorenen Orte auch, oder?« Alex ist hinter mir hereingekommen. »Das habe ich im Haus der verlassenen Geliebten gemerkt.«

»Ich finde diese Bilder wunderschön«, gebe ich zu. »Aber sie verschaffen mir eine Gänsehaut, und ich habe so viele Fragen. Wie kann man einen Ort dermaßen brach liegen lassen, nachdem der Besitzer gestorben ist? Ständig wird über fehlenden Wohnraum geredet, aber dann gibt es anscheinend an jeder Ecke unbewohnte Häuser, die nichts anderes mehr sind als Fotoschauplätze.«

»Wenn es keine Erben gibt, fühlt sich niemand dafür verantwortlich. In solchen Fällen geht der Besitz an die Stadt, aber die hat nicht das Geld oder das Personal, sich um jeden dieser Orte zu kümmern. Und mal ehrlich: Würdest du in ein Gebäude wie das ziehen wollen, das wir gestern besichtigt haben? Die Zufahrt müsste wiederhergestellt werden. Vielleicht war das Haus schon in diesem desolaten Zustand, als die Besitzerin verstorben ist. Für die Renovierungskosten könntest du alternativ ein neues Haus bauen. Und dann haben wir noch das Thema Denkmalschutz. Du dürftest gar nicht alles zu deinen Wünschen umgestalten lassen.«

»Selbst, wenn man das Gebäude an sich nicht wieder wohntauglich machen kann: Das hier ist ein Klavier! Das hätte man doch verschenken können, als es intakt war. Und das ist bestimmt nicht der einzige Gegenstand von Wert, der in diesen Häusern vor sich hin rottet.« Ich schüttele den Kopf. »Auch wenn man keine Angehörigen hat: Man kann doch an andere Menschen vererben. Wie isoliert muss jemand leben, wenn sein Zuhause und alles darin nach seinem Tod einfach so verkommt?«

Alex streicht mir über den Arm. Ich weiß, dass auch er darauf keine Antwort hat. »Ich hab im Rest der Wohnung nichts Wichtiges gefunden«, sagt er, nachdem wir einen Moment auf die Bilder gestarrt haben. »Lass uns gehen. Carl Schröder sollte mit der Obduktion soweit sein, bis wir in Siegen sind. Dann können wir Murat unterstützen.«

Carl Schröder ist in der Tat fertig mit der inneren Leichenschau, als wir in Siegen eintreffen. »Gon Dach, ihr kommt ja wie gerufen«, begrüßt er uns und bedeutet uns, ihm zu folgen.

»Todeszeitpunkt war gestern Morgen zwischen acht und zehn Uhr. Den Teil des Berichts zur Todesursache hätte ich aus dem letzten herauskopieren können«, beginnt Schröder, als wir um Daniel Althaus' Leiche herumstehen. »Wieder ein spitzer Gegenstand, der beim Opfer innere Blutungen ausgelöst hat. Auch die Abmessungen stimmen mit der Wunde vom letzten Opfer überein.«

»Es handelt sich also um dieselbe Tatwaffe?«, hake ich nach.

»Vermutlich ja. Ein Dolch, es gibt wieder Rostflecken sowie fremde DNS. Die wird bereits untersucht. Es könnte sich dabei um das Blut des letzten Opfers handeln.«

»Gibt es Kampfspuren?«, will Alex wissen.

Schröder zeigt auf Althaus' Arme. »Am rechten Unterarm gibt es eine Schnittwunde. Nur leicht zu sehen, aber der Pullover ist an der Stelle kaputt. Wahrscheinlich hat das Opfer versucht, den Stich abzuwehren. Wie man sieht, ohne Erfolg. Der zweite Stich ging in den Bauch, wo er den Darm punktiert hat, sodass das Opfer schnell verblutete.«

Ich rufe mir das Schlafzimmer vor Augen, in dem Daniel

Althaus niedergestochen wurde. »Althaus könnte vorm Bett gestanden haben und der Täter oder die Täterin hat ihn dort überrascht.«

»Das Bett steht rechts an der Wand, links war sein Fluchtweg blockiert von Schrank und Nachttisch. Ganz zu schweigen vom ganzen Gerümpel auf dem Boden.« Alex nickt.

»Wahrscheinlich hat er versucht, den Stich abzuwehren, aber der Täter kam auf ihn zu, sodass er auf dem Bett gelandet ist. Bevor er sich wieder fangen konnte, hatte er den Dolch im Bauch.«

»Ingrid sollte Blutspritzer am Schrank oder den Wänden finden, denn der Täter muss den Dolch mit aller Kraft wieder aus dem Bauch rausgezogen haben.«

»Auf jeden Fall war die Hemmschwelle unseres Täters geringer«, schaltet Schröder sich ein. »Denn er hat mehr Kraft beim Einstich aufgebracht. Die Wunde wirkt weniger zaghaft als die beim letzten Opfer.«

»Daniel Althaus war körperlich fit und durchaus in der Lage, sich zu wehren. Da musste der Täter sich sicher sein und keine Sekunde zögern«, stimme ich zu.

»Bleibt nur die Frage, woher der Täter wusste, dass Daniel Althaus gestern in diesem Haus war«, gibt Alex zu bedenken.

Ich sehe herunter auf die Leiche. »Auch wenn der Täter Althaus überraschte, ging seiner Meinung nach von ihm keine Gefahr aus. In dem Fall hätte Althaus sich früher und stärker zur Wehr gesetzt und ihn nicht so nah an sich herankommen lassen. Aber er ist in dem kleinen Zimmer stehen geblieben, neben dem Bett. Und hat sich erst gewehrt, als er den Dolch gesehen hat.«

»Du meinst, er kannte den Täter?«, fragt Alex.

»Vielleicht waren sie sogar zusammen dort.«

Auf der Rückfahrt hängen Alex und ich eine Weile unseren Gedanken nach.

»Monika Sassmannshausen hat erwähnt, dass Althaus in letzter Zeit oft im Haus der verlassenen Geliebten war«, ergreife ich irgendwann das Wort. »Vielleicht konnte er sich mit der Bewohnerin des Hauses identifizieren. Auch er war ein verlassener Geliebter, der über die Ex nicht hinwegkam. Dann hätte der Täter ihn nicht nur dort umgebracht, weil das Haus abgelegen war und er genug Zeit hatte zur Flucht, sondern auch, weil der Ort Daniel Althaus etwas bedeutete.«

»Also war der Mord was Persönliches.«

»Wir gehen davon aus, dass Althaus und der Täter sich kannten. Wenn man von jemandem absieht, der mordet, nur um zu töten, ist Mord per se persönlich. Aber dieser Mord bekommt mehr Gewicht, wenn der Tatort so wichtig für Althaus war und der Täter das wusste. Dann wollte der uns etwas damit sagen, indem er Althaus dort umbrachte.«

»Damit rücken Monika Sassmannshausen und Jana Roth auf unserer Verdächtigenliste nach oben.«

»Ich frage mich nur, was für ein Motiv eine der beiden haben könnte, zwei ihrer engsten Freunde zu ermorden.«

»Eine Affäre mit Daniel Althaus, der danach aber immer noch Frauke zurückwollte?«

»Damit bekäme das Haus der verlassenen Geliebten direkt noch mehr Bedeutung.«

In diesem Moment klingelt Alex' Handy. »Hi Murat, du bist auf Lautsprecher«, nimmt er den Anruf entgegen.

»Wir wissen jetzt, wer den Notruf abgesetzt hat«, kommt Murat direkt zur Sache. »Es war Jana Roth.«

Draußen ist es schon dunkel, doch abgesehen davon habe ich keine Ahnung, wie spät es ist. Nach Murats Anruf sind wir direkt nach Puderbach gefahren und haben Jana Roth abgeholt. Ihr Sohn Timmie ist mit ihrem Bruder Mike unterwegs.

Jana Roths Augen sind verquollen, die Wangen eingefallen. Ist ihr Pullover noch eine Nummer größer oder wirkt sie einfach nur hagerer als beim letzten Mal? Müde starrt sie auf die Tischplatte des Verhörzimmers. Den Becher mit Tee und das Wasserglas rührt sie nicht an. Ob sie überhaupt wahrgenommen hat, dass wir beides vor ihr abgestellt haben?

»Frau Roth, warum haben Sie gestern die Polizei gerufen und den Tatort verlassen, als Sie Daniel Althaus gefunden haben?«, frage ich sie.

Langsam wandern ihre Augen zu mir. Ansonsten regt sich in ihrem Gesicht nichts.

»Sie hätten auf uns warten müssen.«

»Während Daniel tot auf dem Bett liegt und dieser Irre irgendwo im Haus ist und mir auflauert?« Sie lacht bitter auf.

»Ich wollte einfach nur da weg.«

»Warum haben Sie dann nicht Ihren Namen bei der 110 genannt oder sich später bei uns gemeldet?«

Schweigen. Wieder starrt Jana Roth vor sich hin und sagt nichts.

»Frau Roth, erst behaupten Sie, dass Sie Frauke Blöcher nur aus dem Internet kennen. Dann haben Sie Monika Sassmannshausen angeblich erst vor ein paar Wochen zum ersten Mal getroffen, als Daniel Althaus sie mit in die Ratsschänke gebracht hat. Dass Sie vier schon seit Jahren befreundet waren und ein gemeinsames Hobby hatten, haben Sie uns so lange wie möglich verschwiegen. Diese Salamitaktik sorgt nicht gerade dafür, dass wir Ihren Aussagen jetzt glauben. Raus mit der Sprache: Was hatten Sie im Haus der verlassenen Geliebten zu suchen?«

»Wie Sie gerade sagten: Das ist mein Hobby.«

»Und dass Sie dort Daniel Althaus' Leiche fanden, ist Zufall?«

Wieder Schweigen.

»Daniel war mehr als ein Freund für Sie, oder? Konnten Sie nicht mehr damit leben, dass er selbst nach der Trennung von Frauke Blöcher nichts von Ihnen wissen wollte? Nachdem Sie für ihn so viel abgenommen haben, und das ironischerweise durch Fraukes Hilfe? Musste Frauke sterben, damit der Weg für Sie frei ist?« Ich lehne mich nach vorn. »Und als Daniel immer noch nichts von Ihnen wissen wollte, konnten Sie das nicht ertragen und haben ihn auch umgebracht?«

»Das wäre schön einfach, oder?« Plötzlich ist Leben in Jana Roths Augen. »Ja, ich habe Daniel geliebt«, gibt sie zu. »Und ja, ich bin ihm ins Haus der verlassenen Geliebten gefolgt. Sonntags war er in letzter Zeit immer dort. Wir haben uns oft da getroffen. Ohne Moni. Das hat ihm gutgetan, glaube ich.« Sie atmet kurz und heftig aus, als würde sie überlegen, was sie noch erzählen will.

»Wissen Sie, Moni ist so ein Mensch, der die Ärmel hochkrempelt und einfach weitermacht, wenn es mal nicht so läuft, wie sie es sich vorstellt. Ich gebe mich auch meistens so. Für Timmie. Und momentan für meinen Bruder. Bei Daniel konnte ich schwach sein. Ich konnte über die Probleme reden, die ich mit meinem Gewicht habe. Und er konnte über seine Probleme mit Frauke sprechen. Er hat mir das Gefühl gegeben, wichtig für ihn zu sein. Und ich ihm. Moni könnte nicht verstehen, wenn wir darüber sprechen, dass es uns gerade nicht gut geht. Sie würde uns einfach raten, wieder aufzustehen und unsere Krone zu richten, wenn wir hinfallen. Deswegen haben wir uns in letzter Zeit oft ohne sie getroffen.«

Jana Roth hält kurz inne und sucht meinen Blick. Sie will sichergehen, dass ich ihr zuhöre. »Frauke war meine Freundin«, fährt sie fort. »Ich hätte ihr nie, niemals etwas angetan, und wenn sie noch ewig mit Daniel zusammengeblieben wäre. Ich habe auch Daniel nicht ermordet. Gestern bin ich abgehauen, weil ich Angst hatte. Ich weiß, dass ich mich nicht besonders clever angestellt habe, was meine Glaubwürdigkeit bei Ihren Ermittlungen angeht. Ich wollte nicht, dass mein Kind erfährt, dass ich was Illegales mache. Dass ich Daniel gestern einfach da auf dem Bett zurückgelassen habe, hat es nicht besser gemacht. Wie hätte ich das Timmie erklären sollen? Mama begeht Hausfriedensbruch, findet den Mann, den sie liebt, ermordet, und verlässt den Tatort, ohne auf die Polizei zu warten?«

Sie atmet tief durch. »Ich bin vielleicht dumm. Ich habe zu viel falsch gemacht in der Hoffnung, eine gute Mutter sein zu können. Aber eine Mörderin bin ich nicht.«

Dienstag

Wir mussten Jana Roth gestern Abend gehen lassen. Sie hat Daniel Althaus am Sonntag gegen 13:30 Uhr gefunden. Davor hat sie ihren Sohn zum Fußballtraining gebracht, was ein Dutzend anderer Eltern bestätigen können. Ein erster Anruf war bereits erfolgreich.

Alex und ich haben gestern bewusst nicht mehr darüber gesprochen, sondern die neuen Erkenntnisse erst einmal sacken lassen. Auch beim Frühstück verlieren wir kein Wort über den Fall. Erst im Auto auf dem Weg zum Revier ist unsere Anspannung so groß, dass man sie mit dem Messer schneiden könnte.

»Was denkst du über Jana Roth?«, bricht Alex just in dem Moment das Schweigen, in dem ich Luft hole, um ihn dasselbe zu fragen.

»Ihre Verlogenheit gefällt mir nicht. Die ganze Zeit über erzählt sie uns genau das, was sie erzählen muss, aber gibt uns nicht eine Information mehr. Ihr musste doch klar sein, dass sie das früher oder später verdächtig machen würde.«

»Ich glaube trotzdem nicht, dass sie Frauke Blöcher oder Daniel Althaus ermordet hat. Auch wenn sie ein Motiv hatte.«

»Mein Bauchgefühl sagt mir auch, dass sie nicht unsere Täterin ist. Mal sehen, was Sabine herausfindet.«

Gestern habe ich Sabine gebeten, sich um Jana Roth zu kümmern. Durch ihren Job kennt sie sich mit Fällen wie diesem aus. Die Art und Weise, mit der Jana Roth gestern über den Leichenfund sprach, gefällt mir nicht. Für eine Frau, die den Mann, den sie liebt, tot aufgefunden hat, wirkt sie viel zu distanziert. Zumal er auch noch einer Gewalttat zum Opfer gefallen ist und in seinem eigenen Blut lag. Und doch merkt man, dass es in ihrem Inneren arbeitet, allein an der Art, wie sie über Timmie spricht. Umso wichtiger, dass sie jetzt mit jemand Professionellem über ihre Erfahrung redet. Sabine kann mir nach diesem Gespräch wenigstens eine Einschätzung geben.

Nach wie vor bleibt ungeklärt, wo Daniel Althaus sich von Donnerstag bis Sonntag befand.

»Versteht ihr mein Problem?« Ingrid zeigt uns ein Foto aus

dem Schlafzimmer, in dem Daniel Althaus ermordet wurde. Sie hat die Oberfläche des Kleiderschranks mit Fingerabdruckpulver bearbeitet.

»Es wird Wochen dauern, alle Abdrücke zu nehmen, und noch mal so lange, sie mit denen in unserem System abzugleichen. Und dann haben wir erst den Kleiderschrank und noch nicht einen Zentimeter mehr im Zimmer.«

»Dass wir die Abdrücke unserer vier Kleinkriminellen finden werden, sollte keine Überraschung sein und uns nicht weiterbringen«, füge ich resigniert hinzu. »Wir wissen, dass sie sich regelmäßig im Haus der verlassenen Geliebten aufgehalten haben.«

»Hast du das Zimmer und das Haus nach der Tatwaffe abgesucht?«, will Alex wissen.

»Ja. Wir haben diverse Messer und andere spitze Gegenstände sichergestellt, aber bis jetzt stimmt nichts mit den Maßen der Tatwaffe überein. Einen Dolch haben wir nicht gefunden. Solange wir nicht wissen, wonach genau wir sonst suchen, kann ich leider nicht helfen.« Ingrid hebt hilflos die Schultern.

»Irgendwas Neues aus dem Internet?«, will Alex von Murat wissen.

»Was?«, murmelt der.

»Bist du eingenickt?«, fragt Ingrid.

»Nein, nein, ich war nur kurz ... abgelenkt.«

»Du gehst gleich nach Hause und legst dich hin«, bestimmt Alex. »Keine Widerrede«, unterbricht er Murat, als der protestieren will. »Ich weiß nicht, wann du zuletzt geschlafen hast, aber jetzt ist ein guter Zeitpunkt.«

»Das da ist die Liste aller Internet-Konten, die sowohl Daniel Althaus als auch Frauke Blöcher in den sozialen Medien gefolgt sind. Die, die nicht unter ihren richtigen Namen registriert sind, habe ich hervorgehoben.« Müde zeigt Murat auf eine Datei am PC.

»Ich schaue sie mir gleich an«, versichere ich ihm. »Und jetzt ab ins Bett und süße Träume.«

»Ich mache mich dann mal wieder auf an unseren Tatort.« Ingrid erhebt sich zusammen mit Murat. »Vielleicht finde ich ja doch was Interessantes, während ich die Abdrücke sichere.«

»Kommst du allein hier klar? Ich habe gleich zwei Vorstellungsgespräche«, lässt Alex mich wissen.

Ich nicke. »Ich werde mit Carl Schröder telefonieren und abklären, ob Daniel Althaus auch später gestorben sein könnte. Ansonsten muss ich mir die Online-Konten anschauen, die Murat hervorgehoben hat, und auf die ersten Ergebnisse der Fingerabdrücke warten. Wenn einer der Abdrücke mit den Konten übereinstimmt, gehe ich der Sache nach. Auch wenn diese Gemeinsamkeit noch lange keinen Mord bedeu …«

Ich springe auf und renne raus auf den Parkplatz »Ingrid!« Das Auto, das gerade aus der Parklücke zurücksetzt, bleibt stehen, das Fenster auf der Fahrerseite wird heruntergelassen. »Hast du im Haus der verlassenen Geliebten ein Klavier gesehen?«

Entgeistert sieht Ingrid mich an. »Nein. Da gibt's eine Nähmaschine. Aber ein Klavier hab ich noch nicht gefunden.«

»Dachte ich mir. Na gut, einen Versuch war es wert.« Ich trete vom Auto zurück und winke ihr zu, bevor ich mich auf zu meinem eigenen Auto mache.

»Ich fahre zu Jana Roth«, erkläre ich Alex am Telefon. »Viel Glück bei deinen Gesprächen! Ich drück dir und uns die Daumen, dass jemand für unser Team dabei ist.«

Frustriert stehe ich vor der verschlossenen Tür und drücke ein letztes Mal auf die Klingel. Bei Jana Roth ist niemand zu Hause. Die Frau ist Lehrerin und arbeitet um diese Zeit, beruhige ich mich. Ihr Sohn ist in der Schule, und vielleicht hatte ihr Bruder mittlerweile ja bei der Jobsuche mal Erfolg. Ich habe nicht genug in der Hand, um Jana Roth von ihrer Arbeit abzuhalten. Von hier aus ist es nicht mehr weit bis zu Sabines Wohnung in Niederlaasphe.

»Ich hab mich schon gefragt, wann du hier auf der Matte stehst«, begrüßt sie mich.

»Warum?«

»Ich weiß doch, dass du scharf auf meine Meinung bist.«

»Und ich weiß, dass du mir keine Details verraten kannst, und verspreche, mich mit den Infos zufriedenzugeben, die du für mich hast.«

»Braves Mädchen. Komm mit.«

Lächelnd folge ich ihr in die Küche, wo es mal wieder herrlich nach Gebäck duftet. »Machst du überhaupt mal was anderes als backen?«

»In der Weihnachtszeit nur, wenn ich es muss.« Sie reicht mir eine Keksdose. »Frisches Spritzgebäck.«

»Danke! Genau das, was ich jetzt brauche.« Ich schiebe mir einen Keks in den Mund und kaue genüsslich, während Sabine mir ihr Gespräch mit Jana Roth schildert.

»Mir ist am Verhalten der Frau nichts Ungewöhnliches aufgefallen. Sie versucht, so zu tun, als würde ihr das alles nicht nahegehen, aber sie wird Zeit brauchen, um zu verarbeiten, was passiert ist. Frauke Blöchers Tod hat sie schon nicht kalt gelassen, aber der von Daniel Althaus macht ihr richtig zu schaffen. Ich glaube nicht, dass sie überhaupt schon mal einen Toten gesehen hat, geschweige denn jemanden, der ihr nahesteht. Sie macht sich Vorwürfe, weil sie eure Ermittlungen mit ihren Halbwahrheiten behindert hat und fragt sich jetzt, ob das Konsequenzen für sie hat. Sie ist alleinerziehend und will keine negativen Auswirkungen für Timmie.«

»Wenn sie ehrlich mit uns gewesen wäre, hätten wir früher andere Schlüsse gezogen und wären mit unseren Ermittlungen schon weiter. Auch wenn ich gerade nicht weiß, wo.«

»Vielleicht hättet ihr Jana Roth schon früher ins Visier genommen.«

Ich zucke mit den Schultern. »Sie hat nun mal ein Motiv.«

»Willst du meine Meinung oder nicht?«

»Ich will deine Meinung und ich habe eine Frage.«

»Also meine Meinung: Beweise müsst ihr wie üblich selbst finden. Aber aus meiner Sicht hat Jana Roth keines der beiden Opfer umgebracht. Wie gesagt: Sie hat am Tod der beiden zu knabbern.« Aufmerksam sieht Sabine mich an. »Und jetzt deine Frage.«

»Hast du in Jana Roths Wohnung ein Bild von einem Klavier gesehen?«

»Wie kommst du denn darauf?« Überrascht sieht sie mich an. Mit solch einer Frage hat sie wohl nicht gerechnet.

»Hast du?«

»Nicht im Wohnzimmer oder in der Küche. In anderen Zimmern war ich nicht. Warum?«

Ich krame nach meinem Handy und rufe die Fotos auf, die ich in Daniel Althaus' Schlafzimmer gemacht habe. »Wenn ich nicht warten will, bis eine Million Fingerabdrücke analysiert sind, muss ich jeder noch so kleinen Spur nachgehen. Diese Bilder hingen in schwarzweiß auch in Frauke Blöchers Schlafzimmer. Ich weiß nicht, ob das etwas bedeutet. Aber vielleicht steht das Klavier an einem verlorenen Ort, der für Frauke und Daniel wichtig war, und ich finde dort etwas, das uns dem Mörder näherbringt. Und wenn ich mir mal eine Sekunde gestatte zu glauben, dass Jana Roth nichts mit den Morden zu tun hat, kann sie mir vielleicht weiterhelfen. Aber leider war sie nicht zu Hause!« Frustriert drücke ich den Deckel wieder auf die Keksdose. »Dein Spritzgebäck schmeckt zu gut«, beschwere ich mich.

»Ich hab hier Kekse für Alex und deine Mama.« Sabine schiebt mir lächelnd zwei weitere Dosen zu.

»Du hast Schuld, wenn meine Hosen mir nach Weihnachten nicht mehr passen«, grummle ich, während ich die Kekse neben meine Handtasche stelle, damit ich sie gleich nicht vergesse.

»Gern geschehen«, erwidert Sabine lachend. »Ich weiß doch, dass ihr gerade alle Nervennahrung gebrauchen könnt.« Dann wirft sie einen Blick auf die Bilder von den Noten, die rund um das Klavier verteilt liegen. »Sound of Silence. Der Klang der Stille.« Sie summt die Melodie. »Hallo Dunkelheit, mein alter Freund. Ziemlich trauriger Text. Trotzdem schade, dass man ein Klavier einfach so in einem Haus zurücklässt.«

»Das hab ich auch schon gedacht.« Gedankenversunken lasse ich mein Handy in meiner Tasche verschwinden. Bei diesen beiden Morden ist es wichtig, nach Gemeinsamkeiten der Opfer zu suchen. Frauke Blöcher und Daniel Althaus haben Bilder dieses Klaviers in ihren Schlafzimmern hängen, anscheinend weil es ihnen wichtig war. War es das auch für jemand anderen?

Meine Anrufe bestätigen, was wir bereits vermutet haben: Jana Roth kommt als Täterin nicht infrage. In der Gerichtsmedizin nennt man mir erneut den Todeszeitpunkt von Daniel Althaus. Zu dieser Zeit war sie mit Timmie auf dem Fußballplatz. Das wiederum bezeugen die Eltern der anderen Kinder. Damit streichen wir Jana Roth zumindest für den Mord an Althaus von der Verdächtigenliste. In der Zwischenzeit hat die Kriminaltechnik sich aus Siegen zurückgemeldet: Obwohl der Dolch wahrscheinlich gesäubert wurde, befanden sich an der Einstichstelle an Althaus' Leiche minimale DNS-Spuren von Frauke Blöcher. Damit handelt es sich um dieselbe Tatwaffe. Andere DNS wurde nicht sichergestellt. Es wurden jede Menge Fasern auf Daniel Althaus' Kleidung gefunden, was bei dem Tatort aber nicht sonderlich überraschend ist. Also stehen wir momentan wieder bei null.

Ich kann Alex nicht erreichen, um ihn auf den neusten Stand zu bringen. Bestimmt sind seine Vorstellungsgespräche noch nicht beendet. Wie alle anderen im Team hoffe ich, dass einer der beiden Kandidaten für den Job bei uns geeignet ist. Die unbesetzte Stelle macht sich vor allem in diesem Fall bemerkbar. Wir brauchen Verstärkung, und zwar dringend.

Ich starre auf mein Lenkrad. Wie geht's jetzt weiter? Auf der Wache wartet ein Haufen Arbeit auf mich, auch Ingrid könnte meine Hilfe brauchen. Trotzdem überlege ich, ob ich nach Murat sehe, entscheide mich aber dagegen. Wir haben ihn nach Hause geschickt, damit er sich erholt. Dazu trüge es nicht bei, wenn nur kurze Zeit später seine Kollegin auf der Matte steht, wir würden garantiert über den Fall reden. Und wahrscheinlich würde ich ihn sogar wecken. Also doch zurück aufs Revier. Aber vorher werde ich einen kurzen Stopp bei meiner Mutter einlegen.

»Ich muss gleich zum Dienst«, begrüßt sie mich.

»Ich hab auch nicht viel Zeit«, beruhige ich sie. »Aber die wollte ich dir kurz vorbeibringen. Liebe Grüße von Sabine.« Ich stelle ihre Keksdose auf den Tisch.

»Danke! Die werde ich gleich mit zu den Kollegen nehmen! Da läuft einem ja direkt das Wasser im Mund zusammen.« Strahlend sieht sie sich den Inhalt an. »Zeit für einen Kaffee hast du aber schon, oder?«

Ich überlege, wann ich die letzte Tasse getrunken habe, und nicke. »Einer geht noch«, beschließe ich.

Als mein Blick im Wohnzimmer auf das Gerippe von Weihnachtsbaum fällt, rutscht es einfach aus mir heraus: »Geht's dir gut?«

Überrascht sieht meine Mutter von ihrem Kaffee auf. »Klar, wieso fragst du?«

»Nur so ein Gefühl. Andere Leute stellen Blödsinn mit ihren Haaren an. Du stellst einen Weihnachtsbaum auf, der den Namen nicht verdient, und das vor der üblichen Zeit. Und du benutzt Lametta!«

Meine Mutter lacht auf. »Niedlich, dass du davon ausgehst, dass es mir nicht gut geht, nur weil etwas anders ist als sonst. Polizistin durch und durch.« Sie lächelt mir beruhigend zu. »Es ist alles okay. Heiligabend bin ich bei euch, und über die Feiertage muss ich im Krankenhaus arbeiten. Wir sind dieses Jahr noch unterbesetzter als sonst. Da werde ich an Weihnachten vom Baum nicht so viel haben. Deswegen hab ich ihn eher aufgestellt. Und ich hatte mal Lust auf was anderes.«

»Aber warum dieser Baum?«

Sie zuckt mit den Schultern. »Ich mag ihn.«

Ich taxiere meine Mutter eine Weile mit Blicken. Aber mir fällt sonst nichts Unstimmiges an ihr auf. Im Gegenteil: Sie wirkt entspannt. Auch wenn im Krankenhaus derzeit wie überall Personal fehlt, scheint sie der Herausforderung gewachsen zu sein. »Wir müssen noch darüber sprechen, ob ihr Heiligabend meine Hilfe bei den Vorbereitungen fürs Raclette braucht. Aber jetzt muss ich langsam los«, sagt sie und greift nach der Keksdose. »Schön, dass du mal nach mir siehst. Aber es ist alles in Ordnung, versprochen.« Lächelnd umarmt sie mich kurz. Ich folge ihr in den Flur, wo wir unsere Jacken anziehen, bevor wir uns auf den Weg zur Arbeit machen. Ich nehme mir vor, mir etwas von ihrer Entspannung abzuschneiden, obwohl ich nicht weiß, wo ich gleich auf der Wache anfangen soll.

Murat hat ganze Arbeit geleistet: Eine Liste mit allen Online-Nutzern, die sowohl Frauke Blöcher als auch Daniel Althaus folgen, wartet auf mich. Die Namen, die er herausgefunden hat, sind daneben vermerkt, sofern die Nutzer mit ihrem Vor- und Nachnamen angemeldet sind. Bei einigen wenigen Konten ist nicht klar, wer sich dahinter verbirgt. Oft sind diese als privat eingestellt, sodass ich nicht einsehen kann, welche Inhalte die Nutzer ins Netz gestellt haben. Es ist derzeit nicht möglich, ein Nutzerprofil zu hundert Prozent zurückzuverfolgen. Außer einem Nutzernamen müssen bei der Registrierung keine Informationen zum echten Namen angegeben werden, man kann beliebige Bilder als Profilfoto hochladen. Bei Mike Roth hatten wir Glück, dass er seine Profildaten komplett ausgefüllt hatte, sodass wir schnell herausfinden konnten, wer hinter Macho-Micky steckt. Bei Konten, die eine bedenkliche Nachricht vorweisen, sind wir auf die Anbieter der sozialen Netzwerke angewiesen. Und die erwiesen sich bislang nicht als sonderlich hilfreich. Trotzdem müssen wir jeder Spur nachgehen.

Ich klicke mich durch die Direktnachrichten, die Daniel Althaus bekommen hat. Im Gegensatz zu Frauke Blöcher hat er recht wenige in seinem Postfach. Das mag daran liegen, dass er sein Konto nicht kommerziell genutzt hat. Vielleicht hat er aber auch konsequenter nichtrelevante Nachrichten gelöscht. Ich weiß jedenfalls, dass ich hier schneller zum Ende kommen werde. Dann öffne ich die Nachricht, die Althaus vor zwei Tagen bekommen hat: »Es ist schade, dass du dich nicht an mich erinnerst. Ich werde deinem Gedächtnis wohl auf die Sprünge helfen müssen.«

»Das kommt mir irgendwie bekannt vor«, murmele ich und rufe Frauke Blöchers Profil auf. Gott sei Dank ist es heute noch verfügbar. Dieselbe Nachricht. Derselbe Benutzer, das Profilbild nur ein altes Fachwerkhaus. Und der Name, unter dem der Nutzer sich angemeldet hat, löst sofort etwas in mir aus: Sound of Silence 2009.

»Das waren nicht nur ein paar Hundert Euro!« Ich glaube nicht, dass ich jemals in meinem Leben so wütend war wie jetzt.

»Du hast unser Konto leergeräumt! Nur, um wieder mal alles zu verspielen! Unser gesamtes Erspartes ist weg! Was kommt als Nächstes? Versetzt du deinen Ehering? Nimmst du eine Hypothek auf das Hotel auf?«

»So viel war es nicht.« Obwohl seine Stimme ruhig ist, sehe ich in seinen Augen, dass er innerlich genauso bebt wie ich.

»Ich musste die Handwerker wieder nach Hause schicken! Wir wollten die Weihnachtszeit mit neuen Bädern beginnen! Schau dir die alten doch mal an, die kann man keinem Gast mehr zumuten!«

»Wer aufs Klo muss, wird mit den Toiletten zurechtkommen, die da sind«, behauptet er.

»Darum geht es nicht! Ich werde ständig darauf angesprochen!«, schreie ich. »Es gibt andere Hotels und Restaurants, in die die Leute gehen können. Mir gehört dieses Hotel, und ich kann mich ständig dafür rechtfertigen, dass ich nichts in mein Erbe investiere, weil mein Mann alles verzockt!«

Du sitzt am Klavier und klimperst »Let it Snow! Let it Snow! Let it Snow!«. Dein Spiel wird lauter und ein wenig schneller, wahrscheinlich hoffst du, so unser Gebrüll zu übertönen. Erst jetzt fällt mir auf, dass er und ich im Speisesaal gelandet sind. Die ersten Gäste sind bereits eingetroffen und werfen uns Blicke zu, die alles andere als begeistert sind. Er macht sich ohne ein weiteres Wort auf in die Küche.

»Es tut mir leid«, murmele ich, während ich dir ein frisches Wasser bringe und dein leeres Glas einsammele.

»Bei mir musst du dich nicht entschuldigen. Aber das war in der Tat ein Fehler«, antwortest du.

»Ich weiß. Ich hätte das Geld für die Renovierung erst beisammenhaben und vor ihm in Sicherheit bringen sollen.« Ich seufze.

»Das meine ich nicht«, gibst du zurück, während du unbeirrt weiterspielst. „Die Toiletten sind den Gästen am Ende egal, solange sie sauber sind. Aber sie kommen hierher, um eine gute Zeit zu verbringen. Dazu gehört nicht, dass die Hotelinhaber sich vor ihren Augen streiten. Streiten können sich die Gäste zu Hause selbst.«

»Dass er und ich uns vor ihnen streiten, kommt doch gar nicht vor!«

»Und was war das gerade?«

»Eine Ausnahme.«

»Und gestern?«

Ich schweige.

»Wann immer ich hier bin, bekommen die Gäste und ich eine Showeinlage, die wir nicht wollen. Das geht so nicht weiter.« Deine Musik geht über in »Jingle Bells«.

»Du bist eben nur noch selten hier.« Ich merke selbst, wie schwach mein Argument klingt. Ich weiß auch, dass ich wieder nicht fair dir gegenüber bin. Bei dir läuft es beruflich, wie du es dir erträumt hast, Du hast viel Arbeit, und trotzdem stehst du an den Wochenenden hier und streichst mit mir die Hotelzimmer. Ich habe angefangen, über Renovierungen nachzudenken, weil du dieses Hotel genauso liebst wie ich und mir ins Gewissen geredet hast, dass es mehr Aufmerksamkeit verdient.

Eine Weile stehe ich wortlos neben dir und lausche nur deiner Musik. »Das muss sich ändern«, stimme ich dir zu.

In diesem Moment kommt er mit der Bestellung für den ersten Tisch aus der Küche. Gänsebrust mit Klößen und Rotkohl. Alles ist wundervoll angerichtet. Ich weiß jetzt schon, dass das Fleisch butterzart ist. Zu Hause würden die Leute die Soße vom Teller lecken. Hier werden sie einen kleinen Löffel verlangen und sich damit zufriedengeben. Mit leuchtenden Augen nehmen sie die Teller entgegen. Sie lachen über einen seiner Scherze und lehnen sich entspannt zurück, um sich über das Essen herzumachen, sobald er wieder in der Küche verschwunden ist. Ich kann ihre Begeisterung bis hierher spüren. Und das ist der erste Tisch: Nach diesem Abend werden Dutzende Gäste rundum zufrieden ins Bett gehen. Dank ihm und den Wundern, die er in der Küche vollbringt. Allen werden sie erzählen, wie ihnen sein Essen geschmeckt hat. Vergessen ist der Vorfall von eben.

Ich brauche ihn und seine Kochkünste. Niemand kann Gänsebrust so butterzart zubereiten wie er. Niemand zaubert unseren Gästen dieses Lächeln ins Gesicht. Sicher, sie lachen auch über meine Scherze. Aber mit ihm lachen sie anders.

Ich öffne die Tür zur Terrasse und nehme ein paar Atemzüge der frischen, kalten Winterluft. Der Rest des Tages wird anstrengend. Jetzt ist der letzte Moment, noch einmal innezuhalten und Kraft zu schöpfen. Wir sind ausgebucht, und du hast recht: Heute Abend müssen wir andere Prioritäten setzen. Seine und meine Probleme gehören nicht hierher, nicht vor unsere Gäste.

War das Geld, das er verspielt hat, wirklich so viel? Ganz bestimmt nicht. Am Ende habe ich mich verzählt. Nach der Weihnachtssaison sieht es auf unserem Konto wieder anders aus. Nächstes Jahr legen wir so richtig los. Wir werden alles geben, damit dieses Hotel unsere Gäste noch lange glücklich macht. Du, er und ich.

Das Dream-Team. Warum sollten wir etwas ändern, das so gut funktioniert? In dem Moment, in dem du am Klavier »White Christmas« anspielst, fallen die ersten Schneeflocken vom Himmel. Das ist ein Zeichen. Ich genieße alles einen weiteren kurzen Moment, bevor ich wieder reingehe und die Tür schließe, damit niemand im Saal friert. Ich bin bereit. Bereit, meinen Gästen den perfekten Abend zu verschaffen. Und das noch lange Zeit.

Mittwoch

»An diesem Nutzerkonto gibt es nichts Auffälliges. Wir bekommen keine Genehmigung des Online-Anbieters und keinen richterlichen Beschluss, um die verdeckten Daten einzusehen. Jemandes Gedächtnis auf die Sprünge zu helfen, ist etwas anderes als eine Morddrohung.« Alex legt das Schreiben vor uns auf den Tisch.

»Aber dass beide Opfer kurz vor ihrem Tod dieselbe Nachricht von diesem Nutzer bekommen haben, sollte doch Grund genug sein, sich das Profil von Sound of Silence 2009 näher anschauen zu dürfen!« Ich bin fassungslos.

»Mich brauchst du nicht überzeugen, Caro, ich sehe das genauso wie du. Aber solange wir keinen Beschluss vom Richter bekommen, sehen wir nicht mehr als das, was der Nutzer online öffentlich macht. Am Ende hilft uns der nicht weiter, wenn es keine zusätzlichen Daten einzusehen gibt. Vielleicht ist das ein Fake-Profil.«

»Diese Nachricht von einem Profil namens Sound of

Silence 2009 soll ein Zufall sein, wenn an den Wänden von beiden Opfern Bilder mit den Noten desselben Liedes hängen? Das glaub ich nicht. Ich versuche mein Glück noch mal bei Jana Roth und Monika Sassmannshausen. Vielleicht wissen die mehr.«

Alex nickt. »Womöglich kennen sie das Fachwerkhaus auf dem Profilbild von Sound of Silence 2009.«

»Ich mache mich wieder auf zum Tatort.« Ingrid erhebt sich, nachdem sie ihren Kaffee ausgetrunken hat. Momentan trinkt sie mindestens genauso viel wie ich, und das will etwas heißen.

»Und ich mache mich wieder an die Nutzerkonten«, sagt Murat und reibt sich mit den Fingern die Augen. »Vielleicht finde ich ja etwas über Sound of Silence 2009 heraus, wenn ich mir anschaue, was er oder sie sonst so gepostet hat. Ich weiß, dass du das schon getan hast, Caro. Aber vielleicht gibt es ja doch noch eine Hintertür. Dann brauchen wir gar keinen Beschluss.«

Wieder bleibt die Tür bei Jana Roth verschlossen. Mir fällt auf, dass ich zur selben Zeit hier stehe wie gestern. »Tolles Timing, Caro.« Frustriert steige ich ins Auto, um mich auf den Weg zu Monika Sassmannshausen zu machen. Aber auch die treffe ich nicht an. Stattdessen sitzt am Empfang ein aufgedonnertes Mädchen, das höchstens 20 Jahre alt ist. Die blondierten Haare bewegen sich durch die Überdosis Haarspray keinen Millimeter, abends schminkt sie sich bestimmt mit Hammer und Meißel ab. »Was kann ich für Sie tun?« Unter ihren künstlichen Wimpern strahlt sie mich an. Ich zeige ihr meine Karte. Sie stellt sich als »Monis Sekretärin« vor, während sie auf einem Kaugummi herumschmatzt. Einen eigenen Namen scheint die Dame nicht zu haben. Sie teilt mir mit, dass Moni sich auf einer ihrer zahlreichen Baustellen befindet.

»Könnten Sie Frau Sassmannshausen bitte für mich anrufen?«, frage ich sie. »Ich habe ein, zwei Dinge mit ihr zu klären.«

Einen Moment lang sieht die Sekretärin mich mit großen Augen an, greift aber schließlich zum Telefon. Wie sie mit zentimeterlangen blutroten Fingernägeln eine Nummer wählen will, ist mir schleierhaft, aber offensichtlich ist es möglich. Ich gebe zu: Ich bin beeindruckt.

»Moni, hier ist eine Polizistin«, flötet sie zwei Minuten später in ihr Handy. »Ja, sie will dich gerne sprechen. Ich weiß nicht, worum es geht.« Fragend sieht sie in meine Richtung, aber ich hebe die Hände. Ob die Frau wirklich erwartet, dass ich auch nur eine einzige Frage kurz am Telefon bespreche? »Die will mir nichts sagen ... Alles klar, ich gebe es weiter.« Die Sekretärin legt auf. »Moni hat gerade keine Zeit und ruft Sie später zurück.«

Ich atme tief ein. Am liebsten würde ich schreien. »Ich muss Frau Sassmannshausen aber sofort sprechen«, sage ich so ruhig wie möglich. »Auf welcher Baustelle kann ich sie finden?«

Wieder dieser hilflose Blick. »Oh, das hab ich sie jetzt gar nicht gefragt.«

»Dann rufen Sie sie bitte noch mal an«, erwidere ich zwischen zusammengebissenen Zähnen. »Jetzt.«

»Aber ...«

»Nein, kein Aber. Sie nehmen jetzt dieses Telefon in die Hand und drücken die Taste für Wahlwiederholung. Dann fragen Sie Moni, wo sie gerade ist, und bitten Sie sie, dort zu bleiben und auf mich zu warten. Alternativ kann sie auch sofort hierherkommen und ich warte hier auf sie. Aber wenn sie so wenig Zeit hat, bevorzugt sie wahrscheinlich die erste Option.« Ich hebe die Mundwinkel, um der Dame zuzulächeln, fürchte aber, dass daraus eher eine Grimasse wird.

Zusätzlich zu den großen Augen formt ihr Mund nun ein stummes »Oh«. Dass ihr der Kaugummi nicht herausfällt, grenzt an ein Wunder.

Ich zeige auf das Telefon. »Bitte«, presse ich hervor und ziehe meine Ponysträhne so fest über das Muttermal auf meiner Stirn, dass die gesamte Kopfhaut schmerzt. Aber irgendwie muss ich meine Hände beschäftigen. Am liebsten würde ich mich über die Theke lehnen und das Telefon selbst in die Hand nehmen. »Monis Sekretärin« scheint schließlich zu begreifen, dass sie mich so leicht nicht loswird, und wählt erneut Frau Sassmannshausens Nummer.

»Moni, die Polizistin will dich sprechen«, wiederholt sie zerknirscht. »Du sollst bleiben, wo du bist.«

Ich hebe die Hände, um das Mädchen auf mich aufmerksam zu machen. »Wo?«, formen meine Lippen. Nicht, dass sie wieder einfach auflegt.

»Wo bist du?«, fragt sie und ich atme erleichtert aus. »Alles klar, ich sag es ihr.« Die Sekretärin legt das Telefon zurück auf die Station. »Moni ist in Wilnsdorf«, verkündet sie stolz und nennt mir die Straße.

»Danke für Ihre Mühe.« Ich drehe mich um und laufe zum

Ausgang. Das Mädchen sieht mir enttäuscht hinterher. Ich nehme mir vor, ihr beim nächsten Mal den Kopf zu tätscheln und sie für ihre Arbeit zu loben. Vielleicht ist sie so etwas von Moni gewohnt.

Auf der Baustelle in Wilnsdorf lasse ich mein Auto hinter dem von Monika Sassmannshausen an der Straße stehen. Das Einfamilienhaus, das hier gebaut wird, muss noch verputzt werden. Auch vom Pflaster fehlt jede Spur, und so versinke ich knöcheltief im Schlamm, während ich auf die bereits eingebaute Haustür zu wate. Ich bin froh, dass die nur angelehnt ist, denn eine Klingel fehlt und drinnen wird gehämmert und gebohrt. Da hätte ich Probleme gehabt, mich durch Klopfen bemerkbar zu machen. Obwohl Frau Sassmannshausen mit mir rechnen sollte, ist sie nicht zu sehen.

»Hallo?« Ich drücke die Tür ein paar Zentimeter auf. »Frau Sassmannshausen?« Ich steige auf das Malervlies im Flur. Rechts neben der Haustür geht es ins Obergeschoss, aus dem der Lärm kommt. Allerdings gibt es keine Treppe, sondern nur eine Leiter. Als der Bohrer für ein paar Sekunden verstummt, rufe ich abermals. Ich habe gerade beschlossen, die Leiter hochzukraxeln, da höre ich Stimmengewirr am Ende des Flurs. Monika Sassmannshausen unterhält sich wild gestikulierend mit einem Handwerker. Beide starren auf den Grundriss, den sie vor sich auf dem Boden ausgebreitet haben. Anscheinend gibt es ein Problem, die beiden sind so in ihr Gespräch vertieft, dass sie meine Rufe nicht gehört haben. Ich räuspere mich. »Guten Tag.«

Der Handwerker fährt zusammen, Monika Sassmannshausen stößt sogar einen kleinen Schrei aus.

»Entschuldigen Sie, ich wollte Sie nicht erschrecken. Ihre Sekretärin hatte mich ja angekündigt.«

»Ja, und ich habe gesagt, dass ich keine Zeit habe.«

»Ich leider auch nicht. Je schneller Sie sich ein paar Minuten für mich nehmen, desto schneller sind Sie mich wieder los.«

Monika Sassmannshausen wirft einen letzten Blick auf den Grundriss.

»Ich kümmere mich«, versichert der Handwerker ihr.

Nach einer kurzen Pause nickt sie und bedeutet mir, ihr zu folgen. »Lassen Sie uns rausgehen. Ich kann ein wenig frische Luft vertragen.«

Wir laufen in einen Raum, der wohl das Wohnzimmer wird. Monika Sassmannshausen öffnet die Balkontür und wir machen einen Schritt nach draußen. »Bleiben Sie nah an der Wand, da ist es nicht so matschig.« Sie zieht die Tür hinter uns zu.

»Arbeitet Ihre Sekretärin schon lange für Sie?«, frage ich.

Monika Sassmannshausen stöhnt auf. »Hören Sie mir auf mit Mandy. Dass das Mädchen nichts taugt, haben Sie hoffentlich selbst festgestellt.«

»Warum beschäftigen Sie sie dann?«

»Sie ist die Tochter eines Bekannten, die für ihr Studium ein Praktikum braucht. Ich wollte ihr gern meinen Beruf näherbringen, wirklich. Aber als sie mit zehn Zentimeter hohen Absätzen auf einer Baustelle erschien und es partout nicht einsah, sich zu ihrer eigenen Sicherheit anders anzuziehen, habe ich sie ins Büro verbannt.«

Mein Blick wandert nach unten. Die Säume von Frau Sassmannshausens Jeans sind genauso von Matsch durchtränkt wie meine. Allerdings rutscht sie in ihren Arbeitsschuhen nicht so stark wie ich in meinen Sneakers.

»Jetzt sitzt die Kleine am Empfang und ist dort völlig überfordert. Dass die mit ihren endlos langen Fingernägeln überhaupt das Telefon bedienen kann.« Frau Sassmannshausen schüttelt den Kopf.

Ich muss schmunzeln. Ihre Kleidung wirkt alles andere als

billig. Trotz Arbeitsschuhen und dicker Jacke trägt sie gut sichtbaren Goldschmuck. Die Haare sind tadellos frisiert, und ihre Fingernägel sind ebenfalls künstlich, wenn auch nicht so übertrieben lang wie die von Mandy, und dezenter lackiert. Wenn selbst sie sich über den Stil der Praktikantin aufregt, sagt das viel aus.

»Sie sind nicht hier, um über Mandy zu reden, oder? Da drin bekommt das Wort Baustelle gerade eine neue Bedeutung. Beeilen Sie sich bitte.«

»Verstanden.« Ich rufe die Bilder des Klaviers und der Noten auf meinem Handy auf. »Haben Sie eine Idee, wo diese Fotos gemacht wurden?«

»Sind die aus Daniels Wohnung?«

»Ja. Daniel Althaus ist leider verstorben.«

Monika Sassmannshausens Gesichtszüge verhärten sich. »Das habe ich mittlerweile schon erfahren, Frau Kommissarin. Sie haben es vorgestern ja nicht für nötig befunden, es mir mitzuteilen.«

»Vorgestern mussten wir uns aus ermittlungstechnischen Gründen mit dieser Information leider zurückhalten. Es tut mir leid, dass Sie denken, ich hätte Ihnen etwas vorenthalten.« Ich halte ihr erneut mein Handy unter die Nase. »Wissen Sie, wo dieses Klavier steht?«

»Frauke und Daniel waren total besessen von den Bildern. Sie hatten sie beide über dem Bett hängen. Wider Erwarten hat Frauke die nie online gestellt. Glauben Sie, dass dieser Ort eine Rolle spielt?«

»Es ist zumindest eine mögliche Spur. Wissen Sie, wo die Bilder aufgenommen wurden?«

Monika Sassmannshausen zieht die Augenbrauen zusammen. »Darüber muss ich nachdenken. Wir haben in den letzten Jahren so viele Orte zu viert aufgesucht. Wo ein Klavier stand, fällt mir gerade nicht ein.«

»Sagt Ihnen der Name Sound of Silence 2009 etwas?«

»Nein. Wer oder was ist das?«

»Das versuchen wir herauszufinden.« Ich zeige ihr das Bild vom Fachwerkhaus, das Sound of Silence 2009 als Profilbild eingestellt hat. »Kommt Ihnen das Bild bekannt vor?«

Frau Sassmannshausen weicht einen Zentimeter zurück. In ihren Augen flackert etwas auf, doch bevor ich erfassen kann, was es ist, ist es schon wieder erloschen. »Nein«, sagt sie. »Das Haus sieht aus wie tausend andere hier in der Gegend.«

»Danke für Ihre Zeit. Ich melde mich wieder bei Ihnen.«

Sie nickt und drückt die Balkontür auf. Ich folge ihr zurück in den Rohbau, gehe aber direkt weiter zur Haustür, während sie sich wieder zum Handwerker und ihrem Problem begibt. Zurück im Auto lasse ich unser Gespräch Revue passieren. Vielleicht weiß sie mehr, was das Klavier angeht. Ich bin mir nicht sicher, ob sie mir die Wahrheit sagt, zumindest, was das Haus betrifft. Andererseits: Warum sollte sie lügen?

»Wie sind die Vorstellungsgespräche gelaufen?«

Alex und ich sitzen am Küchentisch und versuchen, bei einer Brotzeit in den Feierabend zu finden. Zum Kochen hat heute keiner von uns die Lust oder Kraft. Ich weiß kaum, wie ich meine Augen offenhalten soll, und ihm geht es nicht anders. Nach dem Besuch auf der Baustelle habe ich Murat bei seiner Suche nach »Sound of Silence 2009« in den sozialen Medien unterstützt. Ich habe versucht, eine Verbindung zwischen diesem Konto und dem von Monika Sassmannshausen zu finden, denn irgendetwas an ihrer Reaktion, als sie das Handybild sah, war nicht normal, dessen bin ich mir mittlerweile sicher. Alex hat währenddessen seinem Chef und der Presse Rede und Antwort gestanden, und Ingrid analysierte die nächsten Spuren, die sie im Haus der verlassenen Geliebten gesichert hatte.

»Tut mir leid, dass ich dich gestern nicht danach gefragt habe.«

»Du weißt doch, dass ich eh nicht viel dazu sagen darf,

bevor der Entscheidungsprozess beendet ist.«

»Ich will trotzdem, dass du weißt, dass mich interessiert, was du gerade durchmachst. Du hast mehr auf dem Schreibtisch, als du bewältigen kannst.«

»Das haben wir alle. Genau deswegen ist es ja wichtig, dass wir schnell jemanden finden.« Alex seufzt. »Aber ich weiß nicht, ob dieser Jemand gestern mit dabei war.« Bevor ich etwas erwidere, hebt er die Hand. »Das ist alles, was ich dazu sagen kann, das weißt du.«

»Du hast ja recht.« Ich schneide mir ein Stück Gurke ab und kaue darauf herum. »Wenn ich dir irgendwie helfen kann, damit es dir besser geht, sag Bescheid.«

Alex zieht mich an sich. »Ich könnte mir einen Abend auf dem Sofa mit einer kitschigen Weihnachtskomödie auf Netflix und ein paar von Sabines Keksen vorstellen. Ein Abend, an dem wir über unseren Fall oder potenzielle Kollegen kein Wort verlieren.«

»Das klingt himmlisch.«

Während Alex den Brotbelag zurück in den Kühlschrank räumt, greife ich nach der Keksdose und schalte im Wohnzimmer den Fernseher ein. Ich bin mir sicher, dass wir beide auf dem Sofa einschlafen werden, bevor der Film halb vorbei ist. Aber dann haben ein paar Kekse die Chance, die dritte Adventswoche zu erleben. Dem Gewicht der Dose nach zu urteilen, haben wir schon eine ordentliche Portion vernichtet.

Donnerstag

»Eine Katastrophe für die Spurensicherung.« Ingrid zeigt auf die Mengen an Fingerabdruckpulver, die sie schon verbraucht hat. Zig Beweisbeutel voller Flusen und Fasern liegen bereits in einem der beiden Koffer, die sie mitgebracht hat.

»Absolut verständlich.«

»Mit der Masse kann niemand etwas anfangen. Und nicht einmal dieser Raum ist fertig untersucht, geschweige denn der Rest des Gebäudes. Zudem können wir es nicht 24 Stunden am Tag überwachen, sodass immer neue Spuren hinzukommen können.«

Ingrid sichert die Spuren seit Sonntag. Über diesen einen Raum ist sie noch nicht hinausgekommen. Zumal ihre Arbeit mit dem Abfüllen von Fasern und dem Abfotografieren von Abdrücken nicht beendet ist: Anschließend müssen die Spuren im Labor analysiert und mit unserem System verglichen werden. Bislang gab es nur wenige Resultate. Viele der Fingerabdrücke ergaben überhaupt keinen Treffer. Die, die erkannt wurden, bewiesen zwar, wer sich am Tatort aufgehalten hatte. Aber diese Menschen sind entweder verstorben oder verzogen. Dass wir Jana Roths Abdrücke fanden, war keine Überraschung und bringt uns nicht weiter. Bislang hatte niemand sonst die geringste Verbindung zu Daniel Althaus oder Frauke Blöcher.

Und Ingrid hat recht: Der Eingang, den wir ins Haus der verlassenen Geliebten gefunden haben, wird abgesichert. Aber ob das der einzige ist? Die Leute, die sich in der Urbexing-Szene auskennen, finden andere Wege ins Gebäude, die uns nicht ins Auge springen. Unser Team hat einfach nicht die Kapazitäten, tagelang einen Tatort zu sichern, der öffentlich zugänglich ist. Alle Beweise um Daniel Althaus' Leiche herum sind am ersten Tag gesichert worden. Jetzt kommen die Spuren dran, die nicht mehr so heiß sind, und, wie uns schon gezeigt wurde, wahrscheinlich ins Leere führen. Doch Ingrid gibt nicht auf und nimmt sich auch heute wieder die Zeit, sich wenigstens am direkten Tatort umzuschauen. Ich habe mich entschieden, ihr zu helfen. Alle Spuren können wir nicht sichern, das ist mittlerweile klar. Aber vier Augen sehen mehr als nur zwei. Und so kommt Ingrid hin und wieder zu einer wohlverdienten Pause. Die vergangenen Tage hat sie ohne Unterbrechung gearbeitet. Heute ist der letzte Tag, an dem sie den Tatort an sich begutachten will.

Wieder konzentriert sie sich auf das Zimmer, in dem Daniel Althaus ermordet wurde. Der Kleiderschrank gegenüber dem Bett ist an der Reihe. Fotos von den Blutspritzern, die entstanden sind, als der Dolch aus Althaus' Bauch gezogen wurde, hat sie schon am ersten Tag gemacht. Jetzt bepinselt Ingrid den Schrank mit Abdruckpulver.

»Abgewischt«, sagt sie frustriert und deutet auf die linke Seite. In der Tat sind hier keine Spuren mehr zu sehen, anders als auf dem Nachttisch neben dem Bett: Hier sind allein die Fotos des Mannes der verlassenen Geliebten voller Fingerabdrücke. Auch die von Daniel Althaus hat Ingrid darauf sichergestellt. Anscheinend hat er sich in der Tat mit der Frau, die hier lebte, identifiziert, und das Bild regelmäßig in die Hand genommen.

»Vielleicht hat der Täter sich an den Schrank gelehnt, während er Daniel Althaus aufs Bett geschubst hat«, mutmaße ich. »Dabei hat er sämtliche Abdrücke verwischt. Etwas anderes hat er dann wohl nicht angefasst.«

»Ich finde es nach wie vor merkwürdig, dass es keine

Kampfspuren hier im Zimmer gibt.«

»Als er Althaus niedergestochen hat, hat der Täter sich die Zeit genommen, seine Spuren zu verwischen und mögliche andere Hinweise auf einen Kampf beseitigt. Und ich denke weiterhin, dass Täter und Opfer einander gekannt haben. Sonst hätte Daniel Althaus sich früher und vehementer gewehrt.«

»So oder so können wir die Spurensicherung hier einstellen.« Ingrid deutet auf die abgewischte Schrankseite. »Wir haben schon lange genug nach der Nadel im Heuhaufen gesucht.« Sie wirft einen Blick auf die Beweise in ihrem Koffer. »Mit dem, was ich heute Vormittag allein gesichert habe, werde ich zwei bis drei Tage im Labor beschäftigt sein. Aber mein Bauchgefühl sagt mir jetzt schon, dass uns das nicht weiterbringen wird.«

Ich würde ihr am liebsten widersprechen, aber auch ich glaube nicht, dass wir jetzt, vier Tage nach dem Mord, die eine entscheidende Spur gefunden haben. Ich packe mir einen der beiden Koffer mit Beweismaterial und laufe zurück in den Flur. Im Wohnzimmer bleibe ich stehen und lasse die Atmosphäre nochmals auf mich wirken. Im Gegensatz zu den anderen Räumen ist dieser recht aufgeräumt. Früher war er bestimmt das Herzstück des Hauses. Selbst jetzt, verstaubt und zugemüllt, kann ich mir vorstellen, wie gemütlich es hier einmal war. Die Bilder an den Wänden. Das alte Porzellan im Schrank, aus dem eine Teekanne und eine Tasse auf dem kleinen Holztisch am Fenster deponiert wurden, sodass theoretisch jemand auf dem Sessel davor Platz nehmen und in der Zeitung lesen könnte, die aufgeschlagen dort liegt. Ich gehe auf den Tisch zu und werfe einen Blick darauf: eine Ausgabe der Hinterländer Zeitung aus dem Jahr 2009. Dieselbe Zahl, die das Profil Sound of Silence auf der Online-Plattform ausgewählt hat.

Zufall?

Ich schlage die Zeitung auf und muss durch die gigantische Staubwolke, die ich aufwirbele, niesen.

»Gesundheit!«, ruft Ingrid aus dem Nebenzimmer, während ich mich wieder auf die Zeitung konzentriere. Im Hauptteil fesselt ein Artikel direkt meine Aufmerksamkeit: *»Berghotel in Biedenkopf schließt für immer seine Türen«* lautet die Überschrift. Eine Außenaufnahme des Hotels ist darunter abgebildet.

Unten auf der Seite gibt es ein weiteres Foto: das Klavier, dessen Bilder an den Wänden unserer Mordopfer hängen.

Hinterländer Zeitung, 13.12.2009

Berghotel in Biedenkopf schließt für immer seine Türen

Viele können sich an ihren Aufenthalt hier erinnern: Aus den 20 Zimmern des Berghotels genießen Gäste eine fantastische Aussicht auf Biedenkopf. Auch im Restaurant wird jeder fündig: Internationale Küche, sonntags ein herrliches Kuchenbuffet, wahlweise auf der Terrasse mitten im Wald oder im gemütlichen Gastraum, in dem abends am offenen Kamin oft für Live-Unterhaltung am Klavier gesorgt wird. Und doch schließt das Hotel nach der Weihnachtssaison endgültig seine Türen – ein Schock für die vielen Stammgäste, die dieses Jahr ihre letzte Weihnachtsfeier hier ausrichten.

»Wir sind sehr traurig«, äußert sich Inhaberin Luisa Schreiber, die das Hotel vor zehn Jahren von ihren Eltern übernommen hat. Sie führt den Betrieb in der dritten Generation. Ihre Großeltern haben das Hotel vor hundert Jahren eröffnet. Entsprechend veraltet sind manche der Gebäudeteile. Diese zu erneuern, wäre dringend nötig gewesen, wird uns klar, als wir die sanitären Anlagen begut-

achten, von denen bislang nur ein Teil renoviert wurden.

»Die Modernisierungsarbeiten gestalteten sich umfangreicher als gedacht«, bestätigt Luisa Schreiber. »Die Kosten sind zuletzt explodiert, denn viele der baulichen Anforderungen konnten wir nicht kommen sehen. Die Renovierungsarbeiten haben uns leider in die Insolvenz getrieben. Auch unsere Ehe hat diese Herausforderungen nicht überstanden, sodass mein Mann und ich keine andere Möglichkeit sehen als einen Neuanfang – ohne einander und ohne das Berghotel.«

Bis Dienstag, 22.12.2009, ist das Restaurant im Berghotel geöffnet und bietet seinen Gästen neben der normalen Karte ein ausgefallenes Weihnachtsmenü, für das um Voranmeldung gebeten wird.

Ingrid sitzt am Steuer. Wir sind auf dem Rückweg ins Präsidium. Ich krame nervös nach meinem Handy und kann es kaum erwarten, Alex anzurufen.

»Luisa Schreiber«, rufe ich ins Telefon, als er endlich abhebt. »Die Kellnerin aus der Ratsschänke. Ihr gehörte das Berghotel in Biedenkopf, das 2009 geschlossen wurde.«

»Wie kommst du auf dieses Hotel? Wart ihr nicht gerade im Haus der verlassenen Geliebten?«

»Die Fotos vom Klavier an den Wänden von Frauke Blöcher und Daniel Althaus sind aus dem Berghotel. Vielleicht ist das mittlerweile auch ein Lost Place.«

»Was hat das mit unseren beiden Mordopfern zu tun?«

»Im Haus der verlassenen Geliebten liegt eine Ausgabe der Hinterländer Zeitung aus dem Jahr 2009, ausgerechnet mit einem Artikel über dieses Hotel. Und unser Online-Nutzer namens Sound of Silence hat die Zahl 2009 ausgewählt. Vielleicht ist Luisa Schreiber ja Sound of Silence 2009! Sie hat den beiden Opfern kurz vor deren Tod geschrieben, dass sie ihrer Erinnerung auf die Sprünge helfen will!«

»2009 waren Frauke Blöcher und Daniel Althaus 17 oder 18 Jahre alt, Caro, so alt wie wir zu der Zeit. Ich kann mich an dieses Hotel kaum noch erinnern, du?«

Ich überlege. »Nicht direkt«, gebe ich zu. »Ich war vielleicht mal zum Essen dort, aber das ist lange her.«

»So ging es den beiden wahrscheinlich auch. An was will Sound of Silence 2009 zwei Menschen erinnern, die so alt sind, dass sie mal als Kinder zum Waffeln essen in diesem Hotel waren?«

»Ich weiß es nicht. Womöglich hat Sound of Silence 2009, alias Luisa Schreiber, ja die Zeitung im Haus der verlassenen Geliebten deponiert, damit wir es rausfinden!«

Stille am anderen Ende der Leitung.

»Ich glaube nicht an Zufälle, ich fahre da jetzt hin«, beschließe ich und werfe Ingrid einen Seitenblick zu. »Die paar Minuten, die Ingrid nicht im Labor verbringt, machen bei der Masse an Spuren keinen Unterschied. Ich werde mit Luisa Schreiber reden und ihr die Bilder zeigen.«

Alex seufzt. »Wenn sie dir bestätigt, dass die Fotos an den Wänden unserer Opfer aus ihrem Hotel stammen, macht sie das noch nicht tatverdächtig.«

»Aber wir wissen schon mal, dass wir uns dann dieses Hotel näher anschauen müssen.«

»Alles klar. Bis später«, sagt Alex nach einem Moment.

»Sag mir, wohin«, bittet Ingrid mich.

Ich nenne ihr die Adresse.

»Sound of Silence 2009 wäre ein passender Profilname für Luisa Schreiber«, murmelt sie, während sie auf die B62 abbiegt. »Der Klang der Stille. Da hat jemand ein Hotel, dessen Türen schließen, also keine Gäste mehr, die ins Restaurant kommen werden. Und dann ein Klavier, das nicht mehr gespielt wird.«

»Alles wird auf einmal still«, stimme ich ihr zu. »Ich frage mich in der Tat nur, was das mit unseren Mordopfern zu tun hat, die zu dieser Zeit fast noch Kinder waren.«

Wir stehen vor Luisa Schreibers Haustür, doch die bleibt verschlossen. »Warum habe ich im Moment ständig ein Talent, die Leute nicht zu Hause anzutreffen?«, grummle ich.

»Vielleicht arbeitet sie ja schon wieder in der Ratsschänke«, meint Ingrid. »Langsam nehmen die Weihnachtsfeiern zu.«

»Also nächste Station Laasphe.« Wir begeben uns zurück zum Auto.

Auch in der Ratsschänke treffen wir Luisa Schreiber nicht an. »Die hat erst in zwei Stunden Dienst«, teilt man uns mit.

»Ich fahre jetzt erst ins Labor«, sagt Ingrid. »Sonst brauche ich heute mit diesen Hunderten von Analysen überhaupt nicht mehr anfangen. Dann kannst du dich nachher mit deinem eigenen Auto auf den Weg machen.«

Ich nicke.

»Vorher halten wir kurz beim Bäcker.«

Ich öffne schon den Mund, um zu protestieren, aber dann wird mir klar, dass ich Ingrid heute Morgen eine Pause versprochen habe, und ich eigentlich genau deswegen mit ihr zum Haus der verlassenen Geliebten gefahren bin. Dank des Zeitungsartikels haben wir uns aber direkt wieder in Marsch gesetzt, von Pause war keine Rede mehr. »Tut mir leid«, murmele ich. »Natürlich fahren wir erst zum Bäcker.« Auch ich hole mir dort ein Croissant, an dem ich herumknabbere, während ich auf dem Präsidium überlege, wie ich in den nächsten zwei Stunden meine Zeit verbringen werde.

»Ich will auf jeden Fall in der Ratsschänke kurz mit Luisa Schreiber reden«, wiederhole ich, als Alex und ich uns ein paar Minuten zusammen an den Tisch setzen und er mich nach einem Lagebericht fragt. »Vorher helfe ich Ingrid gern im Labor oder kläre mit Murat, ob er Unterstützung braucht. Aber mein Bauchgefühl sagt mir, dass es mit diesen Bildern vom verfallenen Klavier irgendetwas auf sich hat. Monika Sassmannshausen hat auf die Fotos gestern merkwürdig reagiert. Unsere Mordopfer haben Nachrichten von Sound of Silence 2009 bekommen. Die Noten zu diesem Lied liegen um das Klavier herum verteilt. Wir können jetzt davon ausgehen, dass es im Berghotel in Biedenkopf steht. Das Hotel ist seit 15 Jahren geschlossen. Also könnte es ein Lost Place sein. Das würde zum Hobby unserer vier Kleinkriminellen passen.«

Bevor Alex reagiert, klopft es an der Tür und Murat kommt herein, gefolgt von einer völlig aufgelösten Jana Roth.

»Ich kann Moni nicht erreichen«, stößt die hervor und bricht in Tränen aus.

»Hallo, Frau Roth.« Ich biete der Frau einen Stuhl an, auf den sie sich sinken lässt. Sie krallt sich an den Armlehnen fest und zittert am ganzen Körper wie Espenlaub. Zwischen ihren Schluchzern holt sie nur ruckartig Luft. Alex kommt mit einer Tasse Tee zurück in den Raum.

»Ich, weiß, dass Sie bei sich zu Hause immer Kaffee trinken, Frau Roth«, redet er mit beruhigender Stimme auf sie ein. »Aber Koffein ist gerade nicht das Richtige für Sie. Ich habe Ihnen einen Kräutertee gemacht.« Er stellt die Tasse vor ihr ab und lächelt ihr aufmunternd zu. Dann sucht er meinen Blick und zieht sich zurück. Verstanden: Ich übernehme.

»Sie haben eine Panikattacke. Trinken Sie einen Schluck, das wird Ihnen helfen.« Ich löse eine von ihren Händen vorsichtig von der Stuhllehne und führe sie an die warme Teetasse. Dabei beginne ich, laut und langsam zu atmen, und suche ihren Blick. Meine Atmung ist neben der von Jana Roth das Einzige, was im Raum zu hören ist. Irgendwann finden ihre Augen meine, und allmählich passt ihre Atmung sich meiner an. Ihr Brustkorb hebt und senkt sich regelmäßiger, die Schluchzer nehmen ab. Schließlich umfassen beide Hände ihre Tasse. Sie zittern nach wie vor, aber führen die Tasse ohne Probleme an ihren Mund. Geräuschvoll trinkt sie die ersten Schlucke. Mit einem lauten »Ah« stellt sie die Tasse zurück auf den Tisch.

»Geht es Ihnen besser?«, frage ich leise. »Ich kann ansonsten jemanden anrufen, mit dem Sie reden können.« Ich bin froh, Sabines Nummer auf sämtlichen Telefonen gespeichert zu haben. Und ich muss ihr dringend dafür danken, dass sie mir Atemtechniken beigebracht hat, die sowohl mich als auch mein Gegenüber zur Ruhe bringen.

Jana Roth schüttelt den Kopf. Ihr Atem beschleunigt sich wieder, aber sie nimmt einen weiteren Schluck Tee, um sich zu beruhigen. »Nein, ich will mit Ihnen reden«, presst sie hervor. »Ich kann Moni nicht erreichen.« Sie kramt nach ihrem Handy und hält mir die Liste unbeantworteter Anrufe unter die Nase. »Seit heute Morgen geht sie nicht ans Telefon. Ihre Sekretärin sagt, sie sei kurz im Büro gewesen, aber deren Anrufe beantwortet Moni auch nicht.«

Ob Frau Sassmannshausen mittlerweile einen Grund hat, die Anrufe dieser Mandy zu ignorieren? Ich beiße mir auf die

Zunge und verkneife mir meinen Kommentar.

»Gibt es etwas Wichtiges, über das Sie mit ihr sprechen wollen?«, frage ich stattdessen. »Vielleicht ist sie auf einer ihrer Baustellen beschäftigt und meldet sich später bei Ihnen zurück.« Ich erinnere mich an das Problem, das es in dem Neubau gestern gegeben hat.

Jana Roth zieht ihr Handy an sich und öffnet ihre Nachrichten auf der Internet-Plattform, um es mir anschließend vor die Nase zu halten. »Gestern habe ich das hier bekommen.« Dieselbe Nachricht, die wir schon kennen. Wieder von Sound of Silence 2009.

Die Härchen an meinen Armen stellen sich auf. Nun bin ich diejenige, die ihre Atmung kontrollieren muss. Ich lehne mich nach vorn. »Frau Roth, sagt Ihnen dieses Nutzerkonto etwas? Erkennen Sie das Fachwerkhaus auf dem Foto? Waren Sie vorher schon mal mit dieser Person in Kontakt?«

»Nein, ich hab noch nie was von ihm oder ihr gehört. Das Haus könnte zu so vielen Fachwerkhäusern hier in der Gegend passen.«

»Waren Sie schon mal im Berghotel in Biedenkopf?«

»Ja, als Kind. Wann immer mein Bruder Mike oder ich Geburtstag hatten, wurde dort gefeiert. Aber nicht nur dann:

Meine Großeltern waren Stammgäste im Hotel. Sonntags gab es immer Kuchen, der war sogar noch warm. Mike und ich haben ihnen eine Ausrede gegeben, regelmäßig Kuchen essen zu gehen.« Sie sieht an sich hinunter. »Kein Wunder, dass ich heute etwas gegen diese überflüssigen Pfunde tun muss.« Sie überlegt kurz. »Irgendwann ist meine Oma gestorben. Ich glaube, zu der Zeit wurde das Hotel auch geschlossen.«

»Waren Sie später noch einmal dort?«

Sie lehnt sich zurück und will den Kopf schütteln.

»Lügen Sie mich nicht schon wieder an, Frau Roth.« Ich zeige ihr die Bilder des Klaviers auf meinem Handy. »Diese Fotos hingen bei Frauke Blöcher und Daniel Althaus im Schlafzimmer. Sind die aus dem Hotel?«

Sie nickt langsam.

»Sind Sie dort zu viert gewesen? Ist das Hotel ein Lost Place, an dem Sie Ihr Hobby ausgeübt haben?«

»Ja«, sagt sie leise.

„Könnte das Fachwerkhaus auf dem Foto das Hotel sein?"

Sie nickt wieder.

»Dann wissen wir jetzt, wo wir nach Frau Sassmannshausen suchen müssen.« Ich springe auf. »Sie bleiben hier«, weise ich Jana Roth an. »Versuchen Sie weiter, sie zu erreichen, und melden Sie sich bei uns, wenn sie ans Telefon geht. Alex, komm!« Ich renne los zum Auto. »Ich habe Monika Sassmannshausen gestern das Profil von Sound of Silence 2009 und die Bilder des Klaviers gezeigt. Vermutlich hat sie das Fachwerkmotiv erkannt. Entweder sucht sie im Hotel nach Hinweisen auf den Mörder ...«

Alex drückt das Gaspedal durch. »Oder sie hat dieselbe Nachricht von Sound of Silence bekommen und der Mörder sucht jetzt sie.«

Es dauert länger als erwartet, bis wir das alte Hotel mitten im Wald oberhalb der Stadt Biedenkopf erreichen. Sämtliche Parkplätze sind zugewachsen, sodass wir unser Auto an einem breiten Waldweg abstellen. Von weiteren Fahrzeugen keine Spur. Sind wir etwa die Einzigen hier? Vielleicht ist das alles nur in meinem Kopf, rede ich mir ein. Vielleicht ist dieses Hotel nur ein weiterer Lost Place, den die Leute aus Vergnügen aufsuchen, und es spielt keine Rolle für unseren Fall. Und doch sagt mir mein Instinkt, dass wir hier richtig sind. Hier werden wir etwas Entscheidendes finden. Ich werfe einen Seitenblick auf Alex. Seine Kiefer mahlen aufeinander, der Blick ist auf den schmalen Weg vor uns geheftet, eine Hand liegt auf seiner Waffe am Holster. Auch er ist maximal angespannt.

Endlich sind wir angekommen. Aber das, was einmal der Haupteingang war, ist verriegelt und verrammelt. Mit Blicken verständigen Alex und ich uns, es hinterm Hotel zu versuchen. Wir bewegen uns so leise wie möglich und reden kein Wort miteinander. Es könnte sein, dass sonst niemand hier ist, aber wir wollen kein Risiko eingehen.

Ein schmaler Weg führt zu einem Eingang, der einmal für Personal vorgesehen war. Hier ist alles offen und wir landen problemlos im Flur, wo die Decke heruntergefallen oder -gerissen worden ist. Vorsichtig steigen wir über Rigipsplatten und Dämmmaterial. Von hier gehen wir in die Küche: Neben Edelstahltischen sind der Herd und eine Fritteuse noch vorhanden, wenn auch nicht mehr einsatzfähig. Alex will schon weiter in den nächsten Raum, doch ich hebe die Hand, sodass er hinter mir stehen bleibt.

Dann hört er sie auch: Stimmen.

Wir schleichen weiter bis zum Durchgang, dort pressen wir uns an die Wände.

» ... und tust so, als hättest du mit alldem nichts zu tun!«

»Das habe ich auch nicht. Du hast zwei Menschen umgebracht, Luisa. Du allein!« Monika Sassmannshausen. »Du bist bei Frauke eingebrochen, nur um das Foto des Klaviers zu sehen. Und das war genug, damit sie sterben musste. Frauke und Daniel waren meine Freunde!« Ihre Stimme bricht.

»Ich war auch deine Freundin!«

»Ja, die Betonung liegt auf ›war‹. Im Gegensatz zu dir habe ich mein Leben weitergelebt und bin nicht in der Vergangenheit stehen geblieben.«

»Aber gut genug, um hier am Wochenende Tourist zu spielen, war die Vergangenheit dann doch?«

»Es tut mir leid, dass du dein Hotel schließen musstest und deine Ehe in die Brüche gegangen ist«, räumt Monika Sassmannshausen mit leiser Stimme ein. »Ich verstehe, dass das alles nicht einfach für dich ist. Aber ich werde mich nicht dafür entschuldigen, dass ich meinen Freunden diesen Ort gezeigt habe. Auch ich habe hier mein Leben verbracht. Ich habe öfter an deinem Klavier gesessen als du. Mir hat es genauso weh getan, zu sehen, wie das alles hier verkommt.«

»Nicht so weh wie mir!«

»Du allein hattest es in der Hand, etwas zu ändern. Zieh dafür nicht mich zur Verantwortung. Ich konnte nur immer wieder versuchen, dich in die richtige Richtung zu stoßen. Im Übrigen waren meine Freunde und ich nicht die Einzigen, die sich das Hotel in diesem Zustand angesehen haben. Dutzende Videos davon gehen im Internet viral. Jetzt leg das Ding weg. Du müsstest Hunderte von Menschen umbringen, und nicht nur mich, wenn dich stört, dass dein Hotel momentan auf andere Weise Berühmtheit erlangt.«

»Das werde ich. Deine Freundin Jana hat auch schon eine Nachricht bekommen. Ich hatte gehofft, dass ich sie zusammen mit ihrem Daniel erwische, aber das war mir leider nicht vergönnt. Jetzt muss ich mir überlegen, welcher Ort für sie passend ist. Aber so viel ist sicher: Sie ist die Nächste, und ich fange gerade erst an.«

»Und genau hier und jetzt hören Sie auf«, ruft Alex, während er mit gezogener Waffe in den verwüsteten Speisesaal vordringt.

Dort steht Monika Sassmannshausen mit erhobenen Händen an eine der Fensterscheiben gepresst, die den Raum von der Terrasse abtrennen. Luisa Schreiber hat sich vor ihr aufgebaut, den rostigen Dolch in der Hand, den wir bei unseren beiden vorherigen Opfern vermisst haben. Ich rufe mit dem Handy leise Verstärkung, meinen Blick auf die beiden Frauen geheftet.

»Wissen Sie, wie sich das anfühlt, wenn alles, was Sie sich im Leben aufgebaut haben, auf einmal zu einem Disneyland für Urbexer wird?« Luisa Schreiber sieht Alex mit feuchten Augen an. »Wenn plötzlich Wochenendausflüge zu Ihrem Lebenswerk stattfinden, um sich daran zu ergötzen, wie alles verkommt? Wenn Fotos von allem, was Sie erschaffen haben, nein, was Ihre Familie erschaffen hat, die Wände mancher Schlafzimmer verzieren?«

Sie wendet sich wieder Frau Sassmannshausen zu. »Als du und deine neuen Freunde abends in die Ratsschänke kamt und diese Bilder von meinem Klavier ausgetauscht habt, war auf einmal alles anders. ›Ich kannte die Besitzerin‹, hast du gesagt. ›Die war nicht ganz bei Trost‹, hast du gesagt. Bis du gesehen hast, dass ich jetzt in deinem neuen Lieblingsrestaurant arbeite und alles gehört habe. Doch da war es schon zu spät. Und deine Freunde haben es nicht besser gemacht. Sie haben erzählt, wie schlimm es doch war, hier essen gehen zu müssen. Dass ich ständig herumgebrüllt hätte, statt mich um meine Gäste zu kümmern. Dabei habe ich an nichts anderes gedacht als an meine Gäste!«

»Als es mit deiner Ehe zu Ende ging, warst du auch nicht mehr ganz bei Trost«, erwidert Monika Sassmannshausen mit ruhiger Stimme. »Du hast vor den Gästen herumgeschrien. Einmal hast du sogar einen Teller nach deinem Mann geworfen, der an der Wand zerschellt ist, als der Raum hier voll war. Fast hätte der Teller einen Gast erwischt. Das hat Frauke mitbekommen, denn dieser Mann war ihr Vater. Das war das letzte Mal, dass sie und ihre Familie hier zum Essen waren. Warum, glaubst du, sind immer weniger Gäste gekommen? Auf deine Tiraden in aller Öffentlichkeit hatte niemand Lust. Da gab es genug andere Restaurants, in denen man eine ruhige Zeit verbringen konnte, ohne Angst zu haben, mit Geschirr beworfen zu werden.«

»Hast du eine Ahnung, unter welchem Druck ich damals stand?«

»Doch, die habe ich. Immerhin habe ich hier an vielen Abenden am Klavier gesessen, um dein Geschrei zu übertönen und damit den Schein zu wahren, dass hier alles in bester Ordnung ist. Aber ihr hattet Geldprobleme, nicht zuletzt durch seine Spielsucht. Die Modernisierungsarbeiten wären absolut nötig gewesen, aber dass die sich verzögerten, war nicht ausschlaggebend dafür, dass ihr schließen musstet. Menschen gehen in Restaurants, um sich eine Auszeit zu verschaffen. Auf deine Ehekriege hatte niemand Lust. Auch ich nicht.«

»Wir waren befreundet, verdammt noch mal! Und du hast mich in einer Zeit, in der ich dich mehr gebraucht hätte als jemals sonst, allein gelassen!«

»Ich habe alles getan, um dir zu helfen. Aber als du dich

immer wieder auf ihn eingelassen hast, habe ich mich selbst geschützt. Ich habe dir sogar geraten, unseren Schatz zu verkaufen, um das Hotel zu retten!« Monika Sassmannshausen zeigt auf das Klavier mit den kaputten Tasten, das einsam mitten im Raum steht, und auf dem niemand mehr spielen kann. Ein ergrautes Weihnachtsgesteck liegt darauf und verleiht ihm eine noch traurigere Note.

»Mit der Summe wärst du nicht reich geworden. Aber du hättest zumindest einen Teil deiner Schulden bezahlen und irgendwo neu anfangen können. Dir die Gegenstände aufzulisten, die du verkaufen konntest, hat mich echt Zeit gekostet. Zeit, die ich eigentlich nicht hatte. Wie du weißt, habe ich mich in dem Jahr selbstständig gemacht. Wer unter enormem Druck stand, war ich. Aber anstatt mir dankbar zu sein, hast du mich geohrfeigt!«

»Du wolltest, dass ich mein Hab und Gut weggebe!«

»Das jetzt hier steht und seit 15 Jahren vor sich hin rottet.«

Wieder fallen alle Blicke auf das Klavier.

»Du bist einfach keine gute Freundin!«

»Und du bist kein guter Mensch.«

Luisa Schreiber schreit auf und macht einen Schritt auf Monika Sassmannshausen zu.

»Frau Schreiber, lassen Sie das! Es ist vorbei!«, rufe ich durch den Saal.

Wir hören das leise Klicken, als Alex seine Pistole entsichert. Doch anstatt auf Frau Sassmannshausen loszugehen, krümmt Luisa Schreiber sich zusammen, der Dolch fällt mit einem lauten Scheppern aus ihrer Hand auf den Boden. Ein Schluchzen, das an ein verwundetes Tier erinnert, kommt aus ihrem Mund. Ohne Widerstand lässt sie sich von Alex Handschellen anlegen. Die beiden Kollegen, die in dieser Sekunde den Speisesaal betreten, führen Luisa Schreiber ab. Monika Sassmannshausen, die bis jetzt ruhig an der Fensterscheibe gelehnt hat, beginnt zu zittern und gleitet mit dem Rücken am Glas entlang auf den Boden. Ihr Gesicht hat jegliche Farbe verloren. Mit leerem Blick starrt sie das Klavier an, ohne es wahrzunehmen.

Ich gehe vor ihr in die Hocke, um auf Augenhöhe mit ihr zu sein. »Es ist vorbei«, beruhige ich sie. Als sie nicht reagiert, greife ich vorsichtig nach ihrer Hand. »Es ist vorbei.«

»*Es ist vorbei.*«

Das Licht ist gelöscht. Das Hotel ist leer. Alle Gäste haben ausgecheckt, die Zimmerschlüssel hängen an der Wand hinter der Rezeption. Gerade sperre ich die Tür zum Haupteingang ab. Das leise Klicken, während ich den Schlüssel zum letzten Mal im Schloss drehe, klingt wie ein Donnergrollen. Ich gehe einen Schritt zurück und blicke an der Fassade hinauf. Der dunkle Schriftzug »Berghotel« ist auf dem weißen Putz klar zu lesen, auch wenn dieser langsam gelblich anläuft. Überall Fachwerkholz, das dem Gebäude direkt etwas Einladendes verschafft. Alles, wofür meine Großeltern, meine Eltern und ich so hart gearbeitet haben, befindet sich hinter diesen Wänden. Einfach weggesperrt. Ich bin so froh, dass aus meiner Familie niemand mehr da ist, der das hier miterleben muss. Ich wende mich ab und widme mich der Aussicht auf Biedenkopf. Alles, was ich jetzt tue, geschieht zum letzten Mal. Es müsste weh tun. Aber statt Schmerz empfinde ich einzig ein dumpfes Pochen in meinem Kopf.

»Es ist vorbei«, sagst du wieder. »Jetzt kannst du nach vorne

schauen.«

Diese Worte fühlen sich an wie ein Fausthieb in meinen Magen.
»Das hier ist alles, was ich habe.« Meine Stimme bricht.

»Es ist nur ein Haus.«

»Nur ein Haus? Mein Leben steckt in diesem Haus! Mein ganzes Geld! Ich weiß nicht, wohin!«

»Ja, das Thema Geld ...« Du kramst in deiner Handtasche und ziehst einen Notizblock hervor. »Ich bin noch mal durch die Räume gelaufen, als du ... auf der Terrasse gesessen und geweint hast. In den letzten Tagen habe ich auch ein wenig durch die Gegend telefoniert. Das hier sind die Gegenstände, die sich problemlos verkaufen lassen müssten.«

Meine Hand greift mechanisch nach dem Block, den du mir reichst. Wie durch dichten Nebel höre ich deine Stimme. Ich versuche, zu lesen, was du dort aufgeschrieben hast, aber die Schrift verschwimmt vor meinen Augen. Du redest von Abnehmern für Edelstahl. Von Möbelhäusern, die Tische und Stühle aufkaufen. Von Großküchen, die Interesse am Geschirr haben. Von Begehungen, die man in der Zeitung anbieten könnte und Tagen der offenen Tür, um weitere Käufer zu finden. »Für das Klavier hätte ich sogar schon einen Abnehmer«, sagst du und lächelst stolz.

»Du willst das Klavier verkaufen?« Meine Zunge liegt schwer

in meinem Mund. Ich klinge wie eine Betrunkene.

»Hast du den Stempel darauf gesehen? Von dem Klavierbauer gibt es nicht mehr viele Modelle. Dieses Instrument hat Seltenheitswert, und den kannst du dir bezahlen lassen.«

»Du willst das Klavier verkaufen.« Meine Beine geben unter mir nach, ich stütze mich an der Wand ab.

»Das fällt auch mir nicht leicht. Aber wie gesagt: Du musst jetzt nach vorne schauen. So kannst du deine Schulden tilgen. Vielleicht reicht das, was du für das Hotelinventar bekommst ja, um woanders ein kleines Restaurant zu eröffnen. Ein neueres, das nicht so viele Renovierungskosten verschlingen wird.«

Ich fühle mich, als würde deine Hand in meine Brust greifen und mein Herz zerquetschen. »Geh.«

»Was?«

»Geh! Dieses Klavier hat uns immer so viel bedeutet. Es steht für unsere Freundschaft und ist alles, was wir noch haben. Du willst unsere Freundschaft verkaufen! Geh!«

Ich reiße die Seite aus dem Notizbuch, zerknülle sie und werfe sie vor mir auf den Boden.

»Unsere Freundschaft hängt doch nicht von einem Klavier ab! Ich weiß, dass das nicht einfach ist, aber ...« Du greifst nach meiner Hand, doch ich ziehe sie weg und verpasse dir stattdessen eine

schallende Ohrfeige.

»Geh!«, brülle ich so laut, dass mein Hals schmerzt, und meine Stimme im Wald widerhallt.

Deine Hand ist zu deiner Wange gewandert. Entsetzt starrst du mich an, den Mund zu einem lautlosen »Oh« geformt. Deine Augen werden feucht. Schweigend bückst du dich, um den Zettel aufzuheben. Dann drehst du dich um und lässt mich allein.

In den Wochen, die folgen, warte ich darauf, dass du dich entschuldigst. Ich warte darauf, dass du anrufst und fragst, wie es mit dem Insolvenzverwalter läuft. Ob die Pressemeute endlich aufhört, vor dem Gebäude herumzulungern, um einen Ehestreit mitzuschneiden. Und fragst, wo er ist und ob er seinen Teil der Schulden beglichen hat. Ich warte darauf, dass du fragst, wie ich Weihnachten überstanden habe, weil du dir denken kannst, dass dieses Weihnachtsfest alles andere verlaufen ist als fröhlich.

Doch du meldest dich nicht. Irgendwann schlage ich die Zeitung auf und sehe in deine strahlenden Augen. »Monika Sassmannshausen eröffnet ihr Architekturbüro« steht über dem Bild von deinem lachenden Gesicht.

Nun ist es also so weit. Dunkel erinnere ich mich daran, dass du von den Vorbereitungen erzähltest. Wie du in dieser schweren Zeit auch nur an etwas anderes denken konntest als das Hotel, ist mir schleierhaft. Im Artikel wird von einer Eröffnungsfeier berichtet. Ich wusste nicht einmal, dass es eine geben würde. Eingeladen hast du mich offensichtlich nicht.

In den Jahren darauf komme ich klar. Ich tue alles, was du gesagt hast. Ich sehe nach vorn. Eine Zeitlang ziehe ich sogar weg. Versuche, woanders neu anzufangen. Das sollte doch einfacher sein, oder? Ich würde es nicht ertragen, ihm oder dir über den Weg zu laufen. Doch ich fühle mich nirgends zu Hause. Und so lande ich wieder hier. Ich weiß, wo du arbeitest und wo du wohnst. Ich würde gern mit dir reden. Aber wann immer ich es versuche, habe ich einen Kloß im Hals. Und du scheinst mich nicht zu vermissen, du erkennst mich noch nicht einmal. Zu sehen, dass du dein Leben ohne mich weiterlebst, tut weh, aber es ist in Ordnung für mich.

Bis zu dem Moment, an dem ich dich mit deinen neuen Freunden am Tisch der Ratsschänke sitzen sehe. Heute ist mein erster Tag hier. Ihr lacht und seid so vertraut miteinander, wie nur wir es damals waren. Verschwörerisch sprecht ihr von euch als Kleinkriminellen. Ihr kichert wie kleine Kinder und habt Fotos von meinem Hotel vor euch ausgebreitet. Ich habe es seit Jahren nicht betreten, habe versucht, mir ein Leben ohne mein Erbe aufzubauen. Jetzt trifft es mich völlig unvorbereitet: Bilder von diesem wunderschönen Ort zu sehen, der mittlerweile so verfallen ist, treibt mir die

Tränen in die Augen.

Aber ihr geilt euch daran auf. Mal wieder habt ihr etwas Verbotenes getan und seid damit davongekommen. Ich sehe die Bilder von meinem Klavier, das mittlerweile zu kaputt ist, um darauf zu spielen. Höre euch sagen, dass diese Fotos bei jedem von euch zu Hause im Schlafzimmer hängen, als Zeichen eurer Freundschaft. Und denke, dass es nicht mehr weh tun kann.

Doch dann sagt ihr diese schlimmen Worte über mich. Erst kommen sie nur von Frauke und Daniel. Sie berichten von ihren Erfahrungen mit der »Tante«, die durch den Speisesaal krakeelt hat, die mit Tellern um sich warf. Jana erzählt, dass »diese Olle« einmal sogar den Arm ihres Mannes mit der heißen Pfanne verbrühte, sodass man ihn vor Schmerz aufschreien hörte. Sie hatte seitdem Angst, bei mir essen zu gehen, und war angeblich nicht die Einzige. Sie reden von der Verrückten, die alles verjubelt hat, nicht wissend, dass es sich bei ihr und mir um dieselbe Person handelt und ich jedes einzelne Wort höre.

Du schreitest nicht ein. Du erzählst ihnen nicht, wie es wirklich war. Was er mir angetan hat, bevor ich die Pfanne in die Hand nahm. Dass er derjenige war, der alles kaputt gemacht hat, weil er seine Spielsucht nicht im Griff hatte. Im Gegenteil: Du machst fleißig mit, plauderst aus, was nur du weißt, ohne zu erwähnen, wie oft du an diesem Klavier gesessen hast, dass du in diesem Hotel quasi aufgewachsen bist. Dass es dein Zuhause war. Dass das Klavier zu uns gehörte. »Die war schon immer nicht ganz bei Trost«, *murmelst du stattdessen. In dem Moment erblickst du mich. Deine Augen weiten sich leicht, als du mich erkennst. Doch ich sehe, dass dir diese Worte nicht leidtun. Dass du es genau so meinst. Deine neuen Freunde sind dir wichtiger.*

Als an diesem Abend »The Sound of Silence« *im Radio läuft, ist es so, als wäre ich aus einem tiefen Schlaf aufgewacht.*

Zum ersten Mal, seit ich den Schlüssel umgedreht habe, wird mir bewusst, dass ich viel mehr verloren habe als nur mein Hotel. Und dass auch du etwas verlieren musst. Vielleicht kannst du mich dann verstehen.

Donnerstag, eine Woche später

»Kommst du?« Ich stehe in der Tür und warte auf Murat, der immer noch am Computer sitzt und auf seinen Bildschirm starrt. »Ingrid und Alex sind schon so weit. Alles, was du nicht geschafft hast, hat Zeit bis morgen.«

Heute ist hier in Laasphe wie immer eine Woche vor Weihnachten Einkaufen im Lichtermeer angesagt. Viele der Läden haben bis 21 Uhr geöffnet. Was für uns aber interessanter ist: In der Königsstraße gibt es Glühwein und Stände mit Snacks. Alex hat auf einen kleinen Umtrunk eingeladen, um den Durchbruch in unserem Fall zu feiern. Auch Sabine wird kommen. Mittlerweile hat sie uns zum ich weiß nicht wievielten Mal mit Weihnachtsplätzchen versorgt, und so wird es langsam Zeit, dass wir uns revanchieren. Ich freue mich wahnsinnig auf heute Abend und zappele herum wie ein Schulkind. Am liebsten würde ich Murats Bildschirm ausschalten und ihn am Arm hinter mir herziehen, um nicht noch eine Sekunde zu verlieren.

Murat starrt aber weiter vor sich hin. »Es gibt etwas, das ich nicht begreife«, murmelt er.

Ich lasse mich auf den Stuhl neben ihm sinken. »Lass hören.«

»Warum 15 Jahre später?«

»Was meinst du?«

»Warum hat Luisa Schreiber 15 Jahre gewartet, um sich an Monika Sassmannshausen zu rächen? Ihr Hotel wurde 2009 geschlossen. Seitdem sind die Freundinnen zerstritten. Aber erst dieses Jahr hat sie sich auf ihren Rachefeldzug begeben.«

»Ich glaube, Luisa Schreiber hat versucht, nach vorn schauen, wie ihre Freundin es ihr geraten hat. Sie hat versucht, woanders ein neues Leben aufzubauen, und ist doch wieder hier in der Region gelandet. Allerdings hat sie keinen Kontakt zu Monika Sassmannshausen aufgenommen, denn sie hatte begriffen, dass sie damals zu weit gegangen war. Auch wenn ihre Freundin ihr nur helfen wollte: Monika Sassmannshausen war zu der Zeit mit ihrem Rat einfach zu früh dran.«

Murat nickt. »Ratschläge sind auch Schläge.«

»Genau. Aber Monika Sassmannshausen hatte es gut gemeint und keine Ohrfeige verdient. Das hat Luisa Schreiber irgendwann erkannt. Sie hätte das Inventar aus ihrem Hotel verkaufen können, wie ihre Freundin ihr geraten hat. Das hätte weh getan, aber ihr ein angenehmeres Leben ermöglicht. Vielleicht hätte sie auf diesem Wege einen Neuanfang geschafft und zum Beispiel ein neues Restaurant eröffnen können.«

»Stattdessen hielt sie sich mit Kellnerjobs über Wasser. Ihre Freundin hatte sich währenddessen ein neues Leben aufgebaut«, murmelt Murat.

»Genau. Luisa Schreiber wusste, dass sie diese Freundschaft zerstört hatte, und machte keine Anstalten, sie wiederzubeleben. Es verletzte sie allerdings, zu sehen, dass Monika Sassmannshausen neue Freunde gefunden hatte. Zumal sie ihnen das zeigte, was die größte Bedeutung in Frau Schreibers Leben hatte: das Hotel Berghof. Sie machten dort unzählige Fotos. Erinnerst du dich daran, was Jana Roth gesagt hat?«

»Was meinst du?«

»Das Klavier. Frauke Blöcher und Daniel Althaus waren davon besessen. Luisa Schreiber bekam mit, dass die beiden sich Bilder in ihre Schlafzimmer gehängt hatten.«

»Das Klavier war Luisa Schreiber so wichtig, und vielleicht hingen Bilder davon auch in den Wohnungen der anderen beiden Kleinkriminellen.«

»Genau. Das Klavier war das Symbol der Freundschaft zu Monika Sassmannshausen. Doch die erwähnt das nicht mit einer Silbe. Im Gegenteil: Am selben Abend erzählt sie ihren neuen Freunden, dass die Hotelbesitzerin nicht bei Trost war, und die steuern ihren Teil dazu bei, indem sie von ihren Erlebnissen im Restaurant erzählen.«

Murat lehnt sich zurück. Er versteht. »Luisa Schreiber wollte nach vorn sehen, wie Monika Sassmannshausen ihr geraten hat.«

»Aber ihre Wunden sind nie ganz verheilt. Und dann kommt diese ehemalige Freundin daher und streut kiloweise Salz hinein, denn sie hält die Vergangenheit mit ihren neuen Freunden am Leben.«

»Weswegen zuerst ihre Freunde sterben mussten. Damit Monika Sassmannshausen auch etwas Wichtiges verlor.« Murat pfeift durch die Zähne, als die Erkenntnis sich langsam setzt.

»Ich bin froh, dass das BKA bis jetzt nicht an deinen Bewerbungen interessiert war«, sage ich. »Du bist ein helles Köpfchen. Wir brauchen dich hier.« Lächelnd drehe ich seinen Stuhl zurück in Richtung PC. »Und jetzt: Ausmachen und mitkommen«, befehle ich und stelle zufrieden fest, dass er meiner Anweisung Folge leistet.

Zu viert laufen wir auf den Miniweihnachtsmarkt in der Königsstraße, bei dem alle Gebäude bunt angestrahlt werden. Ich liebe diese Atmosphäre. Vor dem Glühweinstand am Altstadtbrunnen nehmen wir Sabine in Empfang, die schon sehnsüchtig auf uns wartet.

»Ich erfriere hier ohne Glühwein«, beschwert sie sich. »Ich dachte schon, ihr kommt gar nicht mehr.«

»Wir hatten was zu klären«, sagt Murat entschuldigend und reicht Sabine seine Mütze. »Nimm du sie, mir ist noch warm.«

Dankbar setzt sie sie auf und nimmt im Anschluss den Glühwein entgegen, den Alex ihr reicht.

Als alle versorgt sind, räuspere ich mich. »Ich möchte einen Toast aussprechen.«

Fragend sehen mich alle an.

»Ich glaube, unser aktueller Fall zeigt uns, dass Geld und Besitz nicht alles sind.«

Zustimmendes Gemurmel.

»Deswegen trinke ich auf die Freundschaft.«

Wir sind alle in Trinklaune und würden heute Abend selbst auf Wellensittiche mit Zipfelmütze anstoßen – vielleicht tun wir das sogar noch. Aber zumindest in Murats und Alex' Augen sehe ich einen Hauch von Verständnis.

Und so stehe ich in der Laaspher Altstadt mit meinen Lieblingsmenschen und freue mich über die Wärme, die sich in diesem Moment nicht nur durch den Glühwein in mir ausbreitet, als alle begeistert »Auf die Freundschaft« erwidern und mit mir die Tassen aneinander klirren lassen, während Schneeflocken um uns herumtanzen und diesen Abend perfekt machen.

ENDE

DANKSAGUNG

An der Entstehung von „Verlorene Träume" haben so viele Menschen mitgewirkt, dass ich gar nicht weiß, wo ich anfangen soll.

Angie, danke, dass du mir das Thema „Lost Places" nähergebracht und mich dorthin mitgenommen hast. Ich hoffe, du erkennst das „Haus der verlorenen Geliebten" auch unter anderen Umständen wieder.

Regina und Dani, ihr seid die tollsten Testleserinnen, die man sich wünschen kann. Danke für eure Kritik und dafür, dass ihr die Werbetrommel für mich rührt.

Steffi, dass aus einer Leserunde so eine Freundschaft werden könnte, hätte ich nicht gedacht. Danke für Alles, ohne dich würde es diese Geschichte nicht geben.

Anne, dass du in der Lage bist, anhand von Wortfetzen zu verstehen, wie mein Cover aussehen soll, ist eine Fähigkeit, die du bitte nie verlierst, die brauche ich noch.

Danke an alle Buchhändler und Blogger, die „Verlorene Träume" und Caro eine Chance geben. Und ein riesiges Danke an Sie, liebe Leser*innen. Danke, dass Sie mein Buch in den Händen halten und meine Geschichte gelesen haben. Wenn sie Ihnen gefallen hat, freue ich mich sehr über eine

Bewertung auf den einschlägigen Internetseiten.